COLLANA

RISCONTRI ROSA

- 2 -

AA. VV.

L'Amore nel buio

Storie ordinarie di passione e follia

a cura di

Emilia Dente

Revisione del testo a cura di

Lorena Caccamo
sito: servizieditorialiloreca.wordpress.com
email: loreservizieditoriali@gmail.com

INDICE

Prefazione

Tra luci ed ombre, tra estasi, delirio e follia, l'Amore in tante sue sfumature. Sedici racconti e tre illustrazioni che attraversano il cuore narrando il sentimento amoroso e il suo riflesso opaco. Nel fuoco di un cuore appassionato, nella foschia di una mente impazzita, nei silenzi inquieti di un amante, nelle lacrime velate di una moglie, l'Amore è protagonista, tormento e sogno nel cammino rosso delle vene e delle palpitanti storie. È frastuono dolce il battito del cuore nelle pagine intrise di emozione, è melodia malinconica tra le pieghe dell'anima e contrappunto perverso alla solitudine dei pensieri e gli autori selezionati danno forma e sostanza alla vaga materia dei sensi, svelando, senza ipocrisie, l'abisso dei sentimenti, con i suoi spiragli luminosi e le sue scure ombre. Le parole, vive e vere, valicano l'anima e rimandano, nello specchio incrinato dei pensieri, la sua immagine smarrita.

Trame corpose che hanno il sapore della verità, personaggi di carta che sanguinano tra le righe distorte in una narrazione articolata e stilisticamente variegata nelle scelte dei vari autori, ma che sempre, nella singolarità dei racconti, si rivela interessante, originale e significativa. Racconti come fili lucenti che si intrecciano e si aggrovigliano, si lacerano e si annodano, fino a ricamare una trama antologica potente. Parole come pietre che conducono il lettore per sentieri sassosi o su alte scogliere, per vicoli intricati o piazza assolate, sempre sulle rive di un sentimento che, nel battito, nel respiro, nel silenzio e nell'urlo, è pur sempre fiamma viva che emerge dal fondo dell'animo umano. Elisa (nel racconto *Nina, il mare e le perle di vetro),* nei cui occhi annegano i giorni e nel cui ventre fiorisce l'amore; Sofia (nel racconto *Ritorni)* nella cui mente l'amore è possesso e follia; Ignazio (nel racconto *La caduta dei soldati*) nel tormento dei dubbi e Cassandra (nel racconto *Un gradino dopo l'altro*), persa tra delusione e vendetta; o ancora Bianca (nel racconto *Io prendo te*), tra rabbia e rimpianti; o Giulia (nel racconto *l'isola*) che ai rimpianti non si arrende e che, nella ragnatela del tempo, riscopre la scintilla vitale dell'amore e altri, come Attilio Braschi (nel racconto *Livello 7),* dominatore e dominato nel suo comportamento freddo ed egoistico che, in un opaco riflesso, illumina l'amore disperato della moglie ferita; o ancora, il turbamento leggero del dottor Ravasi *(nel racconto La Camera d'albergo),* disorientato tra timore e affetto, e altri, tanti altri, tutti i protagonisti dei sedici racconti, tutti carnefici e vittime sull'altare dei sentimenti. Uomini e donne scalzi sui sentieri dell'amore.

Storie ordinarie di passione e di follia, storie che travolgono la mente e il cuore e scuotono l'essere nell'assillo impetuoso della passione che brucia le vene. Trame originali che si animano nel bagliore degli occhi dei meritevoli autori di questa antologia, nell'audacia consapevole e sincera che – come scrive Anita Maltesi nel suo racconto – «esistono tante forme d'amore tra le persone. Una delle forme possibili è scrivere...» Una delle forme possibili è scrivere, sicuramente, e meravigliosamente, impetuosamente, nel tumulto delle parole l'Amore diviene Vita.

Emilia Dente

Nina, il mare e le perle di vetro

di Letizia Manzo

Archivio Storico del Brefotrofio. Istituto Provinciale degli Esposti Santa Maria della Pietà. Venezia. Duemiladiciannove.

– Ha trovato quello che cercava?

Luca sobbalzò.

– Mi scusi architetto. Non volevo spaventarla.

Suor Bianca sorrise e Luca ricambiò il sorriso ancora un po' distratto dai suoi pensieri.

– Mi scusi lei, Sorella. Credo di essermi trattenuto più del dovuto. Ho perso la cognizione del tempo.

Guardò i volumi aperti davanti a lui sfiorandone le pagine. Aveva avuto il permesso di consultare i Registri dell'Istituto di Carità dei primi decenni del '900, i cosiddetti "Libri Scafetta", altro nome della "Ruota degli Innocenti", che riportavano le registrazioni degli ingressi dei bimbi che venivano abbandonati. Vi aveva trovato nomi più o meno diversi ma soprattutto cognomi ricorrenti, chiaramente benauguranti, inventati con la probabile pia intenzione di affidare alle cure di Dio quella che si prospettava già come un'esistenza impegnativa.

Ciò che più lo affascinava erano le annotazioni riportate accanto a ciascun nome. Descrizioni di quello che indossavano i piccoli quando erano stati lasciati.

Gli oggetti che li accompagnavano erano a volte di uso comune a volte particolari. Bizzarri come la metà di una carta da gioco o, per contro, prevedibili come un'immagine sacra. Gioielli di poco valore o poveri manufatti di legno intagliato.

Piccole cose che probabilmente avevano un significato speciale solo per chi li aveva un tempo posseduti. Pezzetti di mondi di cui quei bambini non avrebbero potuto mai far parte.

Venivano raccontati da poche righe, con bella calligrafia, come si usava ai tempi.

Aveva sfogliato le pagine cercando il nome e la data di registrazione dell'ingresso all'Istituto di sua nonna e lo aveva trovato.

Nina Piovezan. Registrata il 2 marzo 1916. Portava delle *"belle vesti riccamente ornate ed una collana di perle di vetro colorato di Murano con una perla Rosetta a otto punte, anziché le consuete dodici, a cui vi è attaccata una piccola etichetta recante la dicitura Elisa di Castello"*.

– Credo di poterne ricavare qualcosa – disse Luca.

– Sono contenta per lei. Spero che questo l'aiuti.

Luca annuì pensieroso e un po' malinconico e si incamminò verso l'uscita. Si ritrovò in Riva degli Schiavoni e cominciò a passeggiare senza fretta.

Si fermò a respirare il freddo vento di marzo guardando il campanile della Chiesa di San Giorgio Maggiore che si innalzava all'orizzonte. Chiuse gli occhi e inspirò profondamente rifacendo meccanicamente quanto si divertiva a fare fin da piccolo: cercare profumi e aromi particolari nel vento, che gli parlassero di luoghi vicini e lontani.

Riva degli Schiavoni. Venezia. Millenovecentoquindici.

Andrea era appoggiato a una bricola e respirava a fondo l'aria proveniente dal mare. Cercava di sentire gli odori del mare aperto, come faceva sempre quando era a terra.

Continuava a cercare l'orizzonte fatto solo di cielo e di mare che trovava durante la navigazione, quell'orizzonte che non aveva confini né limiti e che lo faceva sentire libero.

Era sbarcato a Venezia il giorno prima e aveva trascorso tutto il tempo a girovagare senza meta. Non ne aveva potuto fare a meno. Ne era rimasto inaspettatamente colpito.

Era molto fiero di essere un amalfitano da generazioni, dai giorni della gloriosa Repubblica, ma quando era a terra, anche nella sua splendida Amalfi, si sentiva sempre un po' irrequieto e insieme claustrofobico.

Venezia l'aveva colto di sorpresa.

Camminare senza meta per calle, campielli, rive e ponti era un po' come navigare in mare aperto. Era come essere sempre sospeso fra acqua e cielo. Spesso i due elementi si confondevano tra loro creando vertigini in cui perdersi come gli orizzonti che inseguiva con la sua nave.

Si stava dirigendo, suo malgrado, all'impegno mondano impostogli dal suo Comandante.

Era uno degli ufficiali dell'equipaggio del glorioso Incrociatore Amalfi che si era distinto in numerose battaglie combattute nel Mediterraneo, soprattutto contro i Turchi, e che aveva scortato il panfilo reale Trinacria, con a bordo il re Vittorio Emanuele III e la regina Elena, nel viaggio fino a Stoccolma.

A maggio l'Italia era entrata ufficialmente in guerra ed erano stati dislocati a Venezia insieme agli altri regi incrociatori Pisa, San Giorgio e San Marco. Dovevano garantire un'adeguata difesa in caso di attacchi da parte delle unità austroungariche che si muovevano, silenziose e minacciose, lungo le coste dell'Alto Adriatico.

E in quel momento avrebbe preferito affrontare un incrociatore corazzato nemico piuttosto che un ricevimento. Si sentiva sempre un po' fuori posto in quelle occasioni.

Avrebbe solo dovuto aspettare pazientemente che la festa finisse, così avrebbe potuto far ritorno con sollievo al suo alloggio sulla nave.

Se non altro il posto era bellissimo. Una sala con ampie vetrate da cui si scorgeva, alla luce fioca dei lampioni, la riva affacciata sul canale, dove l'acqua era solo leggermente mossa dalla marea e rifletteva l'immagine tremolante della luna.

Salutò il suo comandante e gli altri ufficiali e prese posto al loro tavolo in una delle poltroncine lungo la vetrata.

Si era imposto di subire pazientemente la girandola di convenzioni sociali a cui stava andando incontro con tutta l'abilità derivante dalla buona e raffinata educazione ricevuta, data la posizione della sua famiglia. La serata proseguiva noiosa e uguale a tante altre, come previsto. Il suo sguardo si perdeva oltre le vetrate sempre più spesso e più a lungo soffermandosi a osservare distrattamente i pochi passanti e le ombre della sera.

Andrea si girò per prendere il bicchiere che gli veniva offerto da un cameriere e la vide entrare.

In realtà non vide lei, ma i suoi occhi. Lei non distolse lo sguardo, come sarebbe stato più appropriato fare, ma continuò a guardarlo mentre avanzava nella sala.

Inspiegabilmente si sorrisero. Un sorriso appena accennato, consapevolmente furtivo, ma come di due persone che si siano riconosciute o ritrovate.

– E voi, Andrea, siete d'accordo con il Maggiore?

– Perdonatemi! – Si girò di scatto verso la signora che lo aveva interpellato, seduta al tavolo. – Ero distratto dalla musica – disse accennando con il capo ai musicisti che stavano suonando uno dei successi del momento, *Somewhere a voice is calling* di John McCormack, mentre con lo sguardo cercava la donna che aveva visto poco prima senza ritrovarla.

Elena sorrideva amabilmente, come le era stato insegnato, e si muoveva con grazia nella sala sotto gli occhi vigili dei suoi genitori, conversando educatamente con le persone che le venivano man mano presentate.

L'espressione del suo viso non lasciava trapelare il fatto che in realtà era profondamente annoiata e pensava solo al momento in cui sarebbe tornata a casa per rifugiarsi in uno dei suoi libri.

C'era però un'immagine dai contorni indefiniti che continuava ad attraversarle la mente. Erano gli occhi azzurri dello sconosciuto il cui sguardo aveva incrociato all'ingresso nella sala.

Si guardava discretamente intorno ma non riusciva proprio a ritrovarlo.

Quando giudicò di aver trascorso un tempo sufficiente a garantire di aver assolto i suoi obblighi sociali, disse di avere un terribile mal di testa e che sarebbe tornata a casa.

Andrea la vide uscire e d'impulso si alzò.

Disse ai suoi ospiti di essere un po' stanco e di volersi ritirare e assolse tutte le consuete formule di cortesia con calma apparente ma con la segreta ansia e l'urgenza di fare il più in fretta possibile per non perderla.

Uscì con trepidazione dalla sala, si guardò intorno e la vide.

Pensò che era proprio bella con quell'espressione un po' corrucciata sul viso illuminato dalla luna piena che rischiarava la serata.

Lei si girò e ritrovò i suoi occhi.

Si guardarono e così, semplicemente, iniziarono a parlarsi.

– Siete scappato via?

Andrea sorrise. – Come voi, immagino.

Elena ricambiò il sorriso senza staccare gli occhi dai suoi e si sentì come se si fosse immersa in acque calde e tranquille. Cominciarono a camminare e a parlare, raccontandosi l'uno all'altro.

Sembrava ci fossero tante cose da dirsi e, mentre insieme camminavano senza meta, di tanto in tanto si cercavano con lo sguardo, fermandosi appena, quasi meravigliati di quel che stava succedendo.

Lei raccontò della laguna, delle sue infinite storie, facendo fluire le sue parole come l'acqua della marea.

Lui la guardava e la ascoltava incantato.

Di tanto in tanto le parole non bastavano ed erano i loro occhi a parlarsi.

Lui si accorse che gli occhi di lei avevano la stessa vastità dell'orizzonte e d'istinto si avvicinò e la baciò. Così, semplicemente, e stranamente a lei parve del tutto naturale ricambiare con trasporto quel bacio.

Nei giorni seguenti si rividero. E si amarono. A lungo, intensamente.

Lei diceva di andare da Elisa. Non facevano mai troppe domande quando si riferiva a Elisa. La sua non era una famiglia di nobili origini come quella di Elena e il fatto che la frequentasse veniva malamente tollerato dalla famiglia come una delle tante bizzarrie di quella figlia con troppe idee moderne nella testa.

Elisa faceva "l'impiraressa" di perline di vetro di Murano. Per Elena era semplicemente meraviglioso perdersi in quel mondo di pezzetti di vetro colorato come le chiacchiere che le donne facevano sedute in circolo, sugli usci di casa, nel Sestiere di Castello, mentre continuavano con movimenti semplici e veloci a impilare perline.

Era trascorsa una settimana ed Elena stava per uscire di casa quando sua madre la fermò. – Vorrei che non uscissi. Sta per arrivare Edoardo. Il minimo che tu possa fare è farti trovare qui ad accoglierlo – disse con una nota acida e contrariata nella voce che non aveva voluto o potuto celare.

Elena si irrigidì.

– Bene. Sarò di ritorno prima del suo arrivo.

– Elena, insisto. Non credo sia assolutamente il caso

che tu esca. Sono sicura che... Elisa saprà fare a meno di te. Del resto, stai per fidanzarti e non ci sarà più molto tempo da dedicare a niente che non siano i preparativi per il matrimonio. Ieri sera tuo padre e io ne abbiamo parlato e crediamo che la data andrà stabilita per il prossimo anno. Magari in questo periodo.

Si guardarono. La piccola, quasi impercettibile pausa prima di pronunciare il nome della sua amica le aveva detto tutto. Inequivocabilmente.

Come sempre, nelle occasioni in cui le veniva imposto cosa fare, quando le veniva ancora una volta ricordato quale fosse il suo dovere, cosa ci si aspettasse da lei, venne colta da un attacco di claustrofobia e si impose un lungo e profondo respiro.

Si sentiva come se l'avessero afferrata per le caviglie e tirata giù mentre cercava di alzarsi in volo.

Non disse nulla.

Prese le scale per risalire al piano di sopra ma appena la madre si diresse verso il salone, ridiscese silenziosamente e scivolò oltre la porta di casa dirigendosi, veloce, verso il posto dove si incontrava con Andrea.

Andrea si stava preparando per scendere a terra. Era impaziente e felice come non gli capitava da tempo. Da sempre.

– Tenente, è arrivato l'ordine. Partiamo immediatamente. – Il Capitano di Corvetta si era affacciato alla sua porta con aria eccitata e preoccupata insieme.

Andrea sentì come un vuoto allo stomaco. Mai prima di allora si era preoccupato di non tornare da una missione. Ma ora aveva paura di non tornare da lei. Avrebbe voluto correre da Elena per baciarla, stringerla a sé e dirle che si sarebbero amati per sempre. Invece si guardò allo specchio e controllò che la sua uniforme fosse in ordine. Serrò la mascella e si diresse verso la cabina di comando.

Elena aspettò tutto il tempo che si poteva concedere. Aveva bisogno di vederlo, di spiegargli, di dirgli che aveva deciso: l'avrebbe seguito ovunque se lui avesse voluto, lasciando tutto e tutti.

Ma Andrea non venne.

Nella notte del 7 luglio 1915, il Regio Incrociatore Amalfi salpò da Venezia scortato dai due torpedinieri Calipso e Procione e si diresse al largo di Chioggia per una ricognizione.

Un sommergibile tedesco UB 14 era in agguato in quelle acque e, avvistato l'incrociatore, lanciò un siluro che lo colpì sul lato sinistro.

Nonostante gli sforzi di tutto l'equipaggio, non ci fu verso di salvare l'Amalfi che si capovolse e affondò.

Si salvarono 682 degli uomini a bordo e si contarono 72 tra morti e dispersi tra cui il Tenente di Vascello Andrea Della Monica.

Andrea non capiva bene cosa stesse succedendo. Era tutto confuso. Gli sembrò di vedere gli occhi di lei ma pian piano l'immagine si sfocò e vide che si trattava del bagliore di alcune luci che vedeva attraverso l'acqua sempre più scura sopra di lui. Poi vide la bandiera tricolore della sua nave con al centro lo stemma sabaudo, ricamato da una suora amalfitana, suor Stefanina Merola delle Figlie della Carità a Materdei di Napoli. La bandiera da combattimento era stata donata dai cittadini di Amalfi al Regio Incrociatore che ne portava il nome, con una bella cerimonia marinara.

Gli era sembrato quasi che svolazzasse al vento e non che fluttuasse nelle acque della Laguna.

Poi non vide più niente.

Duemiladiciannove. Luca aprì il piccolo scrigno in legno dove sua nonna aveva conservato, per tutta la vita, la collana di perline di vetro di Murano che l'aveva accompagnata da quando era stata lasciata all'Istituto e si accorse che a mancare era l'etichetta menzionata nel registro: "... *una piccola etichetta recante la dicitura Elisa di Castello*".

Una rapida ricerca su internet gli diede evidenza di una ditta che in quel momento a Venezia sembrava essere depositaria delle informazioni storiche sulle impiraresse veneziane.

Il giorno dopo era in uno splendido e colorato laboratorio di conterie e perle in vetro con cui moderne artigiane stavano realizzando splendidi oggetti di preziosa bigiotteria e accessori di moda.

Il laboratorio aveva un piccolo museo che raccontava di quell'antico mestiere. La direttrice ascoltò Luca e rimase incantata dalla sua storia.

Esaminò con attenzione il filo di perle e la rosetta a botte a otto punte.

– Credo che l'unica che forse la può aiutare è Monica. È una delle più vecchie impiraresse rimaste a conservare ricordi e oggetti del passato.

Gli diede l'indirizzo augurandogli buona fortuna.

Luca entrò in un piccolo ma grazioso negozio di oggetti artigianali colorati ed eleganti nel sestiere di Castello.

Il pavimento di legno scuro dava un senso di accoglienza e calore e i mobili di inizio '900, i tendaggi, i gioielli e gli accessori per i vestiti, tutti composti da perline e conterie, completavano quel mondo fatto di colori caldi e brillanti.

Si sentiva come protetto in quel posto e si sentì tranquillo nel raccontare alla simpatica signora, che lo guardava con aria meravigliata e serena allo stesso tempo, la sua storia e quello che stava cercando.

Monica lo ascoltò con molto interesse e guardò la collana che le mostrava come un oggetto apparso per magia direttamente da un sogno. Sorrise. Chiuse il negozio e preparò una tazza di tè per entrambi.

Si accomodarono in due splendide poltroncine e cominciò a raccontare. Lo fece nel modo in cui sua nonna le aveva insegnato fin da piccola. Le era stata tramandata una storia da raccontare, qualora se ne fossero presentate le circostanze. Lei ci aveva creduto poco ma le piaceva ascoltarla, così aveva finito per memorizzarla.

La storia partiva dalle vicende di due giovani, Andrea ed Elena, che si erano incontrati una sera di luglio del 1915 e si erano amati immensamente. Proseguiva con l'affondamento dell'Incrociatore Amalfi e la morte del giovane Capitano Andrea Della Monica e con la sorte seguita quindi da Elena che dopo qualche mese dall'affondamento dell'Amalfi si era rifugiata a Torcello dalla nonna di Elisa, la sua amica impiraressa.

La nonna di Elisa era una levatrice e le fu subito chiaro lo stato in cui Elena si trovava: anche attraverso la veste un po' ampia si intravedeva un'inconfondibile rotondità.

Così Elena, nel primo mattino di una fredda giornata autunnale, era scappata da casa dei suoi e da quel matrimonio che, nonostante le sue proteste, i genitori continuavano a considerare l'unico futuro possibile per lei.

La gravidanza fu difficile. Il parto apparve fin da subito disperato. Alla fine, Elena, stremata, aprì gli occhi e vide la sua bambina: era un bel mattino di inizio primavera e il sole stava in quel momento sorgendo, la sua luce entrava dalla finestra.

– Benvenuta mia piccola Nina. – Fece in tempo a vedere l'azzurro dei suoi occhi che erano uguali a quelli di suo padre. Poi chiuse gli occhi, serenamente.

– La guerra imperversava e mezzi ce n'erano pochi per tutti. L'unica soluzione possibile fu quella di portare la piccola all'Istituto Santa Maria della Pietà, accompagnata da quella collana fatta di perline di vetro colorato che Elena stessa aveva confezionato durante l'attesa.

Aveva aggiunto quella strana perla Rosetta che Elisa le aveva portato: era stata scartata perché difettosa.

Le dodici punte non erano perfette ma Elisa l'aveva lavorata, levigandola con abilità fino a farla diventare una perla a otto punte.

La collana divenne l'eredità che veniva lasciata alla piccola e l'etichetta con il nome di Elisa fu la traccia da seguire, nel caso un giorno avesse voluto. Elena fu seppellita nel cimitero di San Michele con il nome di Elena Della Monica, come lei stessa aveva chiesto.

Ogni volta che ne aveva avuto la possibilità, Elisa era passata a portare un vestito nuovo o un nastro per capelli alla piccola Nina fintanto che era rimasta in Istituto.

Poi un giorno, quando pensava fosse arrivato il tempo per incontrarla e parlarle dei suoi genitori, non l'aveva più trovata e non le fu possibile sapere che corso avesse preso la sua vita.

Così aveva cominciato a raccontare la storia a sua figlia e poi a sua nipote, in modo che se un giorno qualcuno fosse andato alla ricerca di informazioni, avrebbero potuto dire come erano andate le cose.

Andrea ringraziò e uscì.

Prese a camminare respirando l'aria fresca della sera.

Si sentiva in pace e pieno di emozioni che gli facevano bene.

Poi il suo pensiero andò alla nonna a cui rivolse un saluto affettuoso.

Letizia Manzo. Piena di energia, curiosa, sempre sul punto di partire per un nuovo viaggio o intraprendere un nuovo progetto e, nella stessa misura, sempre alla ricerca del fattore serendipità che la pone nella giusta prospettiva per riuscire a vedere e cogliere le innumerevoli storie che suggeriscono le persone, i paesaggi, le situazioni ordinarie e straordinarie di tutti i giorni. Ha una predilezione per la storia, la geografia e per la cartografia in modo particolare, come legenda di luoghi e racconto dei territori attraverso il tempo. Vorrebbe scrivere il suo libro in un cottage nel Devon, tra il mare e la campagna inglese.

Ritorni

di Fiorella Frau

Finalmente. Dopo mesi di irrequieta attesa, di insofferenza a quel caldo appiccicaticcio tipico dell'estate in città, era arrivato il momento. Un giorno magico, eccitante come lo è la mattina di Natale per un bambino, ma carico di aspettative ancora più alte. Era il primo ottobre. Una data che per la maggior parte della gente non rappresenta nulla, se non il ticchettio di un ansiogeno orologio immaginario a ricordare l'incombere delle responsabilità, un arrivederci fin troppo lungo alla spensieratezza delle vacanze. Ma non per Sofia. Si era goduta qualche giornata al mare, sì, ma non poteva certo definirsi un'amante della bella stagione. Bella, poi, per cosa? Sofia, da sempre, preferiva l'autunno. Per lei era foriero di nuovi inizi e mai come stavolta quella sensazione trovava il suo concreto riscontro in ciò che stava per accadere. Si sarebbe imbarcata quel pomeriggio, alle 15:00 in punto.

Giunse al porto in perfetto orario, era in testa alla fila per il check-in. Il biglietto ben custodito nella borsa a tracolla che stringeva a sé come se contenesse l'essenza stessa della vita, un piccolo trolley color cuoio dall'aria vintage, occhiali da sole a tenere indietro i lunghi capelli scuri, setosi e leggermente mossi. Sul viso un sorriso disteso, tipico di chi pregusta un incontro piacevole. Sul corpo, snello e tornito, solo un vestitino leggero, il preferito di Nicola. Ai piedi le immancabili francesine, rosse, tacco dodici, portate con una disinvoltura da far invidia alle top model più navigate. Poteva ancora sentire la voce calda del suo Nic sussurrarle quanto amasse quel portamento e quei movimenti sinuosi che le venivano naturali. "Come una gatta" diceva.

Salita a bordo del traghetto, scelse una poltrona con vista sul ponte e vi si sedette. Non che fosse importante: aveva di meglio da fare. Prese dalla borsa una busta da lettera rigonfia di fotografie. Anche se l'abitudine di stampare le foto veniva sempre più spesso accantonata con l'imperversare di nuove tecnologie all'avanguardia, Sofia era rimasta fedele alla pellicola. Il digitale non le andava proprio a genio, così freddo e impersonale. A lei piaceva toccare, sfogliare i suoi ricordi e tenerli appoggiati sul cuore. Si fece cullare da quelle immagini per il resto del viaggio, accarezzando talvolta la riproduzione cartacea del suo amore, che le mancava tanto da sentir bruciare la sua assenza come un tizzone acceso sulla pelle.

"Tra poco saremo di nuovo insieme" pensò portando alle labbra la sua foto più bella. Tornò con la mente al giorno in cui si erano incontrati, esattamente un anno prima. Ecco perché aveva scelto proprio quella data per tornare da lui: sarebbe stata una sorpresa, il perfetto regalo d'anniversario. Si addormentò, rassicurata dalla consapevolezza che presto la tortura sarebbe finita.

Si era fatta sera quando il traghetto attraccò. Ancora una breve corsa in taxi e quell'abbraccio tanto bramato sarebbe stato realtà. Sofia si avvicinò a una delle auto bianche parcheggiate, pronte ad accogliere i clienti per partire alla volta di chissà quali destinazioni, dove stanchi viandanti avrebbero potuto posare le loro valigie, solo per un po' o per sempre, non era dato saperlo. Il tassista ripose il trolley nel portabagagli mentre Sofia si accomodava sul sedile posteriore.

– Via dei Lecci 23.

– Certamente signorina. In venti minuti dovremmo essere lì, traffico permettendo.

– Mi sembrerà un'eternità.

Sorrise tra sé e sé, faticava a trattenere l'euforia. Dallo specchietto retrovisore Sofia colse lo sguardo del tassista, che pareva aspettarsi una storia a corredo di una simile trepidazione. Decise di accontentarlo.

– Sto andando a trovare il mio fidanzato per il nostro anniversario. Lui non sa nulla, non vedo l'ora di vedere che faccia farà!

– Ah, ecco!

– È stato amore a prima vista, sa? Un vero colpo di fulmine, come nelle favole.

– E come l'ha conosciuto questo principe azzurro?

– Beh, è buffo. Mi ruppi una gamba in un incidente d'auto e, quando mi portarono al pronto soccorso per l'ingessatura, mi imbattei nel più bel medico che avessi mai visto. Non sa che imbarazzo! La gamba mi faceva malissimo, avrei voluto piangere e gridare per il dolore ma dovevo darmi un contegno per non fare una figuraccia. Mi sforzai talmente che a un certo punto non capivo più nulla, ero frastornata. Allora lui mise una mano sulla mia spalla, mi fissò per un attimo e disse "non si preoccupi, mi prenderò cura di lei".

– Menomale che si trovano ancora bravi medici in giro.

– Infatti. Comunque io lo capii subito, dai suoi occhi, che era scattato qualcosa. Solo che ero troppo concentrata sulla gamba, l'osso sporgeva, era un disastro! Nicola, si chiama così, cercò di distrarmi parlando del più e del meno, mi fece i complimenti per il vestito che indossavo e poi mi disse che presto sarei tornata a camminare sui miei tacchi, agile come una gatta. Ancora ci scherziamo su! E poi abbiamo continuato a vederci sempre più spesso, ogni occasione era buona per stare insieme.

– Eh, l'amore...

– Già. Però purtroppo dopo qualche mese venne trasferito in un'altra città, e io non potei seguirlo. Quanto ho pianto! Gli ho scritto tutti i giorni e, anche se era impegnatissimo, trovavamo sempre il tempo per stare un po' al telefono. È stata dura ma abbiamo resistito alla distanza. A breve completerò le ultime formalità al lavoro e potrò raggiungerlo in pianta stabile.

Aggiunse altri particolari sul trasloco e sulla convivenza che avrebbero avviato di lì a poco, si sbilanciò persino nell'ipotesi di un matrimonio in primavera senza accorgersi che il suo interlocutore aveva smesso di proferire parola, almeno fino a quando la interruppe per annunciare che erano giunti a fine corsa.

Il tempo di pagare e prendere il bagaglio, e Sofia si ritrovò lì, davanti alla casa che lei e Nicola avrebbero riempito di felicità e sospiri per tutta la notte. Fu allora che, attraverso l'enorme vetrata del salone, seppur offuscata dalle tende colorate che la adornavano, lo vide. Com'era bello, con quel suo fisico statuario, quei lineamenti squadrati e i capelli cortissimi che la facevano impazzire.

"Sembri un generale, ti manca solo la divisa!" scherzava.

Sofia raccolse il trolley e tutte le sue emozioni che, come l'ondata di uno tsunami, rischiavano di sopraffarla ora che era così vicina alla meta. Raggiunse la porta d'ingresso, fremente. Pensò a cosa dire quando si sarebbero trovati faccia a faccia, alla miglior frase a effetto per cominciare la loro serata con un colpo di scena indimenticabile.

"Come nelle favole".

Alzò il pugno chiuso pronta a bussare ma, un secondo prima che potesse farlo, da una finestra aperta si levò una vocina esile.

– Prendi la spazzola, papà! Devi sciogliere tutti i nodi dei miei capelli, così i mostri dei brutti sogni non possono arrampicarsi fino alla testa.

– Arrivo, ranocchia! Poi subito a nanna, che domani c'è scuola.

"Papà". Dunque, Nicola aveva una figlia? Perché non le aveva detto nulla? Un'altra voce, stavolta di donna.

– Amore, hai portato fuori la spazzatura?

– Non ancora. Metto a letto Elisa e ci vado.

– No, lascia, faccio io.

– Ok.

Il suono di un bacio.

Sofia sentì un milione di schegge staccarsi dal suo cuore impazzito, affilate come i cocci di quel che restava dell'illusione che aveva vissuto per un anno intero. Le lacrime uscivano copiose dagli occhi diventati vacui. Udì la serratura della porta aprirsi, un sussulto la scosse riportandola al presente. Afferrò la valigia e si nascose svelta dietro le siepi che fiancheggiavano il vialetto. La donna uscì con due ingombranti sacchi in mano diretta verso i bidoni della differenziata poco più in là.

Fu un istante.

Sofia si scagliò su di lei, la sorprese alle spalle colpendola con un sasso raccolto dal giardino, così forte che non le diede neppure la possibilità di chiamare aiuto. La sua vittima perse subito i sensi ma Sofia continuò a colpirla, ancora e ancora. Solo quando ormai non rimaneva più nulla dei suoi connotati smise di infierire sul cadavere.

Si alzò, andò verso la porta lasciata aperta ed entrò, chiudendola dietro di sé. Guidata dalle voci di padre e figlia si recò verso la cameretta e si poggiò allo stipite della porta. Il sasso insanguinato ancora in mano, l'abito in una nuova tinta scarlatta, il volto macchiato privo di espressione. Nicola era acquattato accanto al letto, accarezzava la fronte della sua bambina e le parlava teneramente per farla addormentare.

– Nic, guarda. Ho risolto tutto. Sei contento amore?

Lui si voltò di scatto, riconoscendo la sua voce. La piccola spalancò gli occhi azzurri, uguali a quelli del padre. Le urla acute, colme di terrore, riempirono la stanza e ogni angolo della casa.

– Il resto è storia o, per meglio dire, cronaca giudiziaria. Conoscevate questa vicenda? – concluse il professore dopo aver fornito qualche altro truculento dettaglio alla sua classe di psicopatologia forense.

– L'assassina fu assolta per vizio totale di mente – replicò una studentessa seduta in seconda fila.

– Esatto. Siamo di fronte a un esempio che oserei definire eclatante di incapacità di intendere e volere. La perizia psichiatrica condotta su Sofia Lodovini ha evidenziato un disturbo delirante di tipo erotomanico. Si ricorda in cosa consiste?

– La persona, generalmente una donna, è convinta che qualcuno, di solito con un più elevato status sociale, sia innamorato di lei. Questo nonostante i due, spesso, non si conoscano nemmeno. Basta un contatto casuale per innescare il delirio.

– Molto brava. E, come ogni altro delirio, è inconfutabile. Neanche i fatti oggettivi riescono a scardinare le credenze della persona delirante, la quale fornisce una giustificazione logica, almeno ai suoi occhi, a tutto ciò che accade.

Il professore guardò i suoi studenti intenti a prendere appunti. Proseguì la lezione intrecciando spiegazione e racconto.

– Quello di Sofia Lodovini è un caso da manuale: la donna si convince che il suo medico sia innamorato di lei e inizia a fare in modo di incontrarlo sempre più spesso, prima in ospedale e poi anche fuori. Lo pedina, gli scatta di nascosto centinaia di fotografie, che verranno poi ritrovate nella sua borsa al momento dell'arresto. Quando gli atti persecutori si fanno più invasivi, con telefonate, lettere e regali recapitati quotidianamente nell'abitazione del medico, questo decide di affrontare la sua persecutrice, le chiede di smetterla, le dice chiaramente che non vuole avere nulla a che fare con lei. Presenta una denuncia per stalking che, come spesso accade, non è sufficiente ad arginare la situazione. Allora il dottor Rinaldi si licenzia e raggiunge sua moglie, insegnante di storia al liceo, che per lavoro vive in un'altra città insieme alla figlia di sette anni. Ora, non sapremo mai quali siano state le giustificazioni che la Lodovini si diede per continuare a credere di essere desiderata e non, al contrario, temuta da quell'uomo. Sappiamo soltanto che la sua convinzione era così forte da ignorare qualsiasi indizio contrario, da farle investire ogni energia nella ricerca di informazioni fino al raggiungimento del suo scopo: ricongiungersi al suo innamorato. E persino quando lo trova felicemente sposato, non si fida di ciò che vede e sceglie di liberarlo da quello che considera un impedimento non voluto, catene che lo costringono lontano da lei suo malgrado. Ecco cos'è il delirio. E, nello specifico, l'omicidio Rinaldi rimane la miglior dimostrazione dei possibili risvolti criminologici dell'erotomania, nonostante sia avvenuto dodici anni fa.

– Tredici – precisò la studentessa in seconda fila, lo sguardo perso nello scorcio di strade incorniciato dalla finestra accanto a lei. Il docente si bloccò, fece un rapido calcolo.

– Sì, ha ragione! Complimenti per la memoria. Mi ricorda il suo nome?

La ragazza si voltò, il viso inondato dalla luce solare che esaltava le profondità azzurre dei suoi occhi tristi.

– Mi chiamo Elisa.

Fiorella Frau nasce a Oristano nel 1987. Fin da bambina nutre per i libri un trasporto viscerale, trasmessole da sua madre. La necessità di scrivere diventa espressione catartica con racconti brevi di genere thriller e horror. Le parole sono la sua grande passione, ama sceglierle con cura nella convinzione che abbiano un potere immenso e inestimabile. Non a caso intraprende una professione basata sul dialogo: lavora come psicologa nel paese in cui è cresciuta, Terralba, e frequenta una scuola di specializzazione in psicoterapia. Fa parte di un piccolo gruppo teatrale amatoriale grazie al quale, oltre a imparare le basi della recitazione, si interessa di dizione. Attualmente studia Scienze della Comunicazione a Cagliari e aspira a inserirsi nel mondo editoriale in veste di *book coach*.

Io prendo te

di Manuela Spinella

– Io, Riccardo, prendo te, Bianca...

Quanto tempo era passato da quel giorno? Bianca non riusciva neanche a ricordarlo, forse 16 o 20 anni, forse mille o neanche un giorno. Continuava a fissare quella foto appesa in bella vista sopra il comò di sua suocera ma non si riconosceva in quella giovane donna vestita di bianco. Provò a concentrarsi, a ricordare le emozioni di quel 6 maggio e, come in una serie di vecchie diapositive, le apparvero le immagini del padre in abito elegante all'ingresso della chiesa, degli sguardi della gente lungo la navata, degli occhi di un uomo che aspettava all'altare ma che non erano quelli di suo marito. No, non lo riconosceva più o forse, ed era la spiegazione più probabile, in fondo non lo aveva mai conosciuto davvero.

Le parole che l'avevano fatta innamorare e sentire protetta allora, adesso rappresentavano la parte oscura della sua esistenza: – Voglio che tu diventi *mia* moglie, voglio che tu sia *mia* per tutta la vita.

Erano forse quel campanello d'allarme che lei aveva più o meno volontariamente ignorato? Non ricordava il giorno o il periodo in cui la presenza rassicurante di Riccardo si fosse trasformata in controllo maniacale, in quel senso di possesso che nulla ha a che fare con l'amore. Si maledì, le capitava sempre più spesso di detestare se stessa per aver creato quel castello di carte costruito sulle sabbie mobili. Si sentiva esattamente così, Bianca: la vittima inconsapevole di una vita di sacrifici e violenze che l'avevano trascinata in un baratro senza fine.

Quelle promesse matrimoniali, quel "io *prendo* te..." erano quelle il problema? Sono state forse quelle parole a far sentire intere generazioni di uomini in diritto di possedere una donna, di considerarla una proprietà?

Guardò l'orologio e sobbalzò, era irrimediabilmente in ritardo. Indossò l'ormai logora tuta da operaia e si incamminò verso il pastificio presso cui lavorava da più di venti anni, l'unico punto fermo della sua vita. Quel casermone spoglio, l'odore di farina e il rumore dell'impastatrice rappresentavano per lei una monotonia rassicurante e così, mentre i colleghi spesso reclamavano a gran voce cambiamenti immediati riguardo ai turni, ai macchinari, ai salari e alle misure di sicurezza, Bianca si defilava silenziosamente sperando di non essere coinvolta, sperando che tutto rimanesse esattamente com'era; non avrebbe sopportato anche quei cambiamenti, non avrebbe avuto tempo né voglia di mettersi in gioco per affrontare nuove situazioni, la sua vita era già un ri-adattamento continuo.

Scoprì di aver percorso i 1.296 passi che la separavano dal luogo di lavoro senza neanche guardarsi intorno, senza neanche osservare come fosse il tempo: non pioveva, lo intuì dai suoi abiti asciutti. Le consuete otto ore di lavoro più due di straordinario passarono relativamente in fretta e quando rincasò fuori era già buio.

Fece appena in tempo a dare il bacio della buonanotte a Ginevra che era sempre più in crisi per l'imminente esame di maturità e poi andò a sdraiarsi accanto a Leo, cominciando a raccontargli del suo lavoro, dei pettegolezzi sulla moglie di quello che stava al confezionamento. Quando Leo si addormentò lei rimase ancora un po' lì, accovacciata accanto a quel figlio intrappolato in un corpo rigido, immobile come una pietra. Le tornò in mente il funesto giorno della diagnosi, quando i medici le avevano comunicato con perentoria sicurezza che suo figlio non avrebbe avuto una lunga prospettiva di vita e che quasi sicuramente non avrebbe mai percepito la voce né la presenza di persone intorno a lui, nemmeno quella della madre. Il sogno quasi scontato di una vita normale era svanito quel 9 marzo sulla scia delle parole confuse di quel dottore barbuto dall'aria appesantita: – Sindrome metabolica di... vede signora... atrofizzazione progressiva... lei dovrà convivere... deficit...

A quella sentenza il marito aveva reagito rifugiandosi nell'alcol: con l'alcolismo era giunta a sorpresa anche la cassa integrazione da parte dell'azienda di trasporti per cui lavorava Riccardo. A quell'ennesima bastonata il mondo le era crollato addosso ma la realtà negli anni a venire avrebbe di gran lunga superato i peggiori presagi di allora. Dopo otto mesi la cassa integrazione era sfociata in licenziamento e la frustrazione di Riccardo aveva dato inizio a una inarrestabile spirale di violenza, fisica e verbale, nei confronti di quella moglie ormai devastata nel corpo e nell'anima. Era nato così il legame morboso con Leo: lui era il suo faro e lei sapeva, anzi ne era certa, che lui richiedesse in qualche modo la sua presenza. E poi, in fondo, erano così simili loro due:

imprigionati e costretti in una vita che non apparteneva loro, intrappolati in un abisso che non permetteva loro di fuggire.

L'indomani Bianca avrebbe voluto concedersi un giorno di ferie ma sapeva che i turni serali erano l'unica possibilità di racimolare qualcosa in più a fine mese: la misera pensione di invalidità di Leo non copriva tutte le sue necessità e il suo stipendio bastava a malapena per l'affitto, le bollette, la spesa, gli studi di Ginevra e i vizi di Riccardo. Si sentiva sempre in colpa, Bianca: si sentiva in colpa verso Ginevra che stava diventando una donna e che, da quando era nato il fratello, era passata in secondo piano senza neanche ricevere delle scuse. Quella stessa figlia aveva imparato a sue spese che non sarebbe mai rientrata tra le priorità familiari e che non avrebbe mai avuto il diritto di pretendere o chiedere qualcosa perché, a partire da quando aveva quattro anni, la presenza di Leo aveva assorbito le energie e le attenzioni di tutti, dei genitori ma anche degli amici e dei parenti che con gli anni si erano dileguati come spiriti nella notte.

Bianca si sentiva in colpa con Leonardo, riusciva a malapena a garantirgli le cure minime per la sopravvivenza e si tormentava quotidianamente pensando che un tenore di vita diverso avrebbe potuto dargli una vita più dignitosa o addirittura... chissà... sarebbe morta senza mai saperlo. E ancora: che ne sarebbe stato di Leo dopo di lei? Se fosse venuta a mancare lei, chi si sarebbe preso cura di quel figlio tanto bello quanto impegnativo? Ginevra! Sarebbe stato giusto chiederle un sacrificio simile? Ricominciavano così i sensi di colpa, in una spirale di conflitti emotivi senza fine.

Si sentiva in colpa, Bianca, anche con i suoi genitori che, dopo averle per anni inviato messaggi più o meno velati sull'inadeguatezza della persona che testardamente aveva scelto come compagno di vita, si erano in un certo senso "distaccati", forse temendo di suscitare l'ira di Riccardo o forse per non rendersi complici di quella disfatta preannunciata e si limitavano, a giorni alterni, a dare assistenza a Leo ma senza mai fermarsi un minuto più del necessario. Invitavano però spesso Ginevra da loro, per tentare di strapparla a quella realtà familiare che, a tratti, fingevano di non vedere.

Si sentiva sempre in colpa, Bianca, anche con se stessa. Come aveva potuto permettere a quella routine malata di prendere il sopravvento? Come aveva potuto permettere ai problemi di annientare la sua persona, riducendola a una figura pesante, sciatta, disastrosamente in sovrappeso? Evitava di guardarsi allo specchio per non essere costretta a prendere atto della sua decadenza generale anche se sapeva benissimo che tutti gli altri non avrebbero potuto fingere o evitare di guardarla con quello sguardo pietistico più tagliente di una lama. Si chiedeva spesso perché si fosse sentita così poco importante da lasciare che il suo corpo e la sua anima si trasformassero in quel modo.

Si sentiva in colpa anche per i suoi pensieri, Bianca, per tutte le volte che aveva sognato di mollare tutto e tutti e scappare, per tutte le volte che aveva desiderato che quel marito morisse per sentirsi leggera come una mongolfiera libera da zavorre, per tutte le volte che avrebbe voluto poter riavvolgere il nastro di quel film da quattro soldi che era la sua vita. Era un giorno come un altro, una delle tante faticosissime giornate che, mentre per gli altri stavano per volgere al termine, per lei erano solo l'inizio di una nuova massacrante parentesi della giornata quando avvenne un fatto inatteso: mentre usciva dallo spogliatoio fu fermata da Enzo Maggese, uno dei dirigenti del pastificio, l'uomo che l'aveva fatta arrossire più di una volta, l'unico del quale non riusciva proprio a sostenere lo sguardo. Sarà stato forse per la sua voce suadente o forse per quell'impercettibile difetto di pronuncia che lo rendeva unico (oh sì, lei era diventata bravissima ad avvertire le cose impercettibili...) o forse per quegli occhi color nocciola che col tempo cambiavano colore passando da marrone chiaro a quasi nero, che Bianca arrossì anche in quell'occasione.

La mente di Bianca cominciò a fantasticare mentre lui le comunicava che la società, in via di espansione, avrebbe aperto una sede all'estero, in Francia. Avrebbero richiesto la disponibilità di una decina di operai specializzati da utilizzare come formatori per almeno due anni: vitto, alloggio e scatti di carriera assicurati. Bianca avrebbe avuto una settimana di tempo per comunicare l'eventuale disponibilità all'ufficio del personale dell'azienda. Bianca non riuscì proprio a concentrarsi quella sera al lavoro e così finse un terribile mal di testa e uscì con un'ora di anticipo.

Dopo tanti anni la donna si concesse, sulla strada del ritorno, il lusso di rallentare il passo e di godere dell'aria pungente del mattino, del gioco di luci e ombre che avvolgevano la città a quell'ora. Era la prima volta che le si presentava una reale, concreta possibilità di cambiamento e di riscatto, era la prima volta che realmente poteva farsi cullare dalla speranza di una vita diversa, di scrivere un nuovo capitolo. Nonostante fingesse con se stessa di ponderare la decisione stilando mentalmente la lista dei pro e dei contro di un eventuale trasferimento, inconsciamente sapeva benissimo che avrebbe dato la sua disponibilità: l'istinto di sopravvivenza, tornato prepotentemente alla ribalta, le faceva pensare a quell'opportunità come unica via di fuga dal male, dalla violenza, dagli affetti distorti, da una vita di sacrifici mai apprezzati. Avrebbe accettato, avrebbe fatto la valigia mettendo dentro il minimo indispensabile, avrebbe poi contattato le strutture sanitarie presenti in quella zona della Francia e si sarebbe informata sui servizi che il territorio offriva per garantire a Leo un'assistenza migliore di quella avuta sino ad allora. Avrebbe portato con sé Leo, Ginevra (se lo avesse voluto) e anche i suoi genitori. A Riccardo avrebbe lasciato un biglietto sul comodino appena prima di chiudere per sempre la porta di casa alle sue spalle. Si sentiva in colpa? Questa volta no perché era giusto così, era la sua occasione, il suo momento, la svolta, la sua opportunità di riscatto, la sua favola a lieto fine.

Le favole... da quant'era che non credeva più nelle favole? L'ultima volta che si era lasciata trasportare dalla fantasia avrà avuto sì e no cinque anni, quando il padre le aveva raccontato la storia di una principessa dai lunghi capelli biondi e del suo principe azzurro con tanto di cavallo bianco. Ma la vita le aveva poi insegnato bruscamente che non esistono cavalli bianchi né principi azzurri: sarebbe forse dovuto essere suo marito, l'ubriacone, il principe azzurro? O forse quello Stato che le aveva voltato le spalle con un marito disoccupato e un figlio disabile? O forse quel suo collega che sapeva, che vedeva, che sentiva e voltava lo sguardo ogni volta senza proferire parola? Pensò ai suoi colleghi del pastificio: erano anni che scrutavano gli inconfondibili lividi sulle sue braccia, sul suo corpo, sul suo volto ma, a parte qualche sguardo compassionevole, Bianca non aveva ricevuto mai altro e col tempo si era convinta che i suoi segni fossero colpe da nascondere.

Quella proposta di lavoro l'aveva strappata alla noiosità del male, alla banalità della rassegnazione e l'aveva catapultata in una leggiadra realtà immaginaria fatta di volti nuovi, di catene spezzate, di profumi agrumati e di un rinnovato benessere. I giorni a seguire aveva persino rispolverato quel vestito che le donava tanto e si era recata dal parrucchiere. Quella sera era andata al lavoro con largo anticipo e aveva bussato alla porta di Maggese, tentando di non far trasparire la sua agitazione.

– Accetto la proposta – aveva sentenziato, poi si era girata, aveva chiuso la porta alle sue spalle e, dopo aver respirato profondamente, si era diretta verso gli spogliatoi per cambiarsi.

Aspettò per giorni la chiamata di Maggese che non arrivò mai ma la voglia di non rinunciare a quel sogno la portò ad aggrapparsi in maniera ancora più ostinata a quella possibilità rifiutando ogni intromissione della sua parte razionale. Solo quando venne a sapere che i prescelti sarebbero partiti per la Francia il mese successivo provò un dolore intenso, acuto, una morsa alla bocca dello stomaco che la accompagnò per tutta la settimana.

Il dolore di Bianca passò in secondo piano grazie alla tensione prima e alla gioia poi per il diploma della

figlia. Dopo un percorso di studi stentato, privo di grandi successi e nel complesso mediocre, la ragazza aveva trovato lavoro come commessa sul lungomare della città. Qualche mese dopo, poco prima di Natale, Bianca si svegliò in piena notte con un senso di oppressione, di soffocamento e capì che il suo corpo stava rivendicando violentemente una nuova attenzione. Si trovò a pensare a quel breve periodo in cui Maggese le aveva regalato la speranza: in tre soli giorni l'idea di una nuova vita l'aveva cambiata e il suo corpo aveva ripreso a respirare dopo molti anni. Ebbe un'illuminazione, capì come per magia cosa avrebbe dovuto fare: scappare da Riccardo e da quella vita da quattro soldi. C continuare così l'avrebbe certamente fatta ammalare e lei non poteva certo permetterselo! Non dormì, prese carta e penna e stilò la lista delle cose indispensabili da portare con sé come un automa. La mattina aspettò che Riccardo uscisse per i suoi soliti vizi, fece qualche telefonata e svegliò Ginevra dicendole senza troppi giri di parole:
– Io me ne vado. Leo viene con me, tu che fai?

Ginevra, ancora mezza addormentata, non capì subito ma poi si limitò a chiederle: – Dove andrai?

Bianca non rispose, non volle farlo, sapeva che se la figlia avesse saputo dove voleva andare, il padre prima o poi l'avrebbe costretta a rivelarglielo, con le buone... o con le cattive. Non poteva rischiare, doveva tenerla fuori da quella storia.

– Mi farò viva io, tu metti in borsa il minimo indispensabile e trasferisciti dai nonni, io lascerò tutto così com'è per non destare sospetti fino a dopodomani pomeriggio quando verrà l'ambulanza che ho prenotato per il trasporto di Leo. Tuo padre non dovrà accorgersi di niente o finirà in tragedia. Prese solo la cartella clinica di Leo, i documenti, due pigiami, due cambi completi, le medicine, nascose tutto in un borsone avendo cura di riporlo nell'armadio esattamente dove stava da anni e infilò i 700 euro che era riuscita a nascondere al marito nello strappo del suo borsellino.

Il giovedì seguente, alle 14:00, l'ambulanza caricò Leo, le due donne lasciarono le chiavi di casa vicino al telefono e si chiusero la porta alle spalle senza neanche voltarsi. Imbucò la lettera di dimissioni nella cassetta delle Poste nell'isolato accanto e poi abbracciò Ginevra.

– Mi farò sentire io – disse semplicemente, per poi salire sul retro dell'ambulanza accanto a Leo sussurrandogli: – La Puglia ci aspetta!

Fu un viaggio lungo e sfinente e quando arrivarono nel bilocale che aveva affittato grazie all'aiuto di una lontana zia, Bianca si concesse qualche ora di sonno rimandando i pensieri al mattino seguente. L'indomani si svegliò pensierosa ma LEGGERA e guardandosi allo specchio scoprì che il suo volto era percorso da un timido sorriso. Andò a comprare un letto sanitario per Leo, una priorità assoluta, e quando uscì fu investita dal profumo e dal rumore del mare. Era un piccolo paese ma Bianca si sentiva come la più fortunata delle donne in villeggiatura. Ordinò il letto adatto e poi si recò ad abbracciare quell'anziana zia che, senza sapere niente di lei da molti anni, le stava offrendo la possibilità di rinascere. Tra i sorrisi, le lacrime, due caffè e molti dolci tipici, le spiegò tutto raccomandandole di non rivelare a nessuno la reale provenienza di quella nipote la cui presenza certamente avrebbe suscitato molto clamore in paese.

Cercò una ragazza a cui affidare Leo e dalla settimana seguente cominciò il nuovo lavoro come cameriera nella masseria di famiglia della zia. Non fu facile reinventarsi e imparare un nuovo lavoro alla sua età ma ogni giorno che passava le regalava quella serenità e quella spensieratezza che le erano state negate per anni, la libertà era impagabile. Anche Leo sembrava stare meglio, forse per l'effetto salubre dell'aria di mare o forse per la positiva empatia con lo stato d'animo della madre; non lo avrebbe mai saputo ma forse non le interessava neanche saperlo, i fatti davano ragione alla sua scelta e questo le bastava. Dalle settimanali telefonate a Ginevra, rigorosamente effettuate da un'anonima cabina telefonica del paese limitrofo, venne a sapere che Riccardo aveva dato in escandescenze non appena rientrato a casa e che si era recato a casa dei suoceri armato di una spranga minacciando di fare una strage se non gli avessero immediatamente riferito dove si trovava suo figlio, come se gli fosse mai interessato. Avevano dovuto chiamare la Polizia e Riccardo non si era più ripresentato alla loro porta ma la Questura li aveva informati che l'uomo aveva fatto richiesta dei tabulati telefonici per risalire alle ultime telefonate effettuate da Bianca. Un mese e mezzo più tardi le forze dell'ordine chiamarono Ginevra per comunicarle di aver trovato il corpo del padre colto da malore sui binari della stazione: stava per raggiungere Bianca, solo Dio poteva sapere cosa sarebbe successo se ci fosse riuscito. Sarebbero bastate dieci sole ore di viaggio per rovinare la vita di tre persone e di un'intera famiglia.

Si sentiva in colpa, Bianca, non riusciva a essere addolorata per quella perdita come tutti si sarebbero aspettati e come si addice a una moglie. Si vergognava, Bianca, della sensazione di leggerezza che aveva provato nel non presentarsi al funerale, come una mongolfiera libera di volare dopo aver sganciato le zavorre di quel marito che l'aveva ingannata sin dal primo giorno: un'occhiata gelosa all'inizio, una gomitata sotto il tavolo poi, un litigio più alterato del solito, un braccio strattonato, uno schiaffo, un pugno e il resto a porte chiuse nella loro camera fino alla fine della loro storia. Era stato molto scaltro, Riccardo, aveva agito con costanza ma in modo subdolo, graduale e lei si era trovata a vivere quell'incubo che solo quelle donne coraggiose che lo raccontano in tv possono conoscere. Non aveva quel coraggio, lei, non l'aveva mai avuto e mai l'avrebbe trovato.

Si era chiesta spesso il perché di quella sua debolezza: era forse colpa dell'educazione troppo rigida e severa dei genitori? Era forse per quel senso di inadeguatezza che l'accompagnava da una vita, da quando suo padre la puniva per le sue marachelle con quello sguardo che sembrava dire "sei una delusione"? Era forse colpa della sua scarsa autostima per non essere mai stata la prima in niente, per il suo aspetto fisico o per la sua comoda abitudine di mimetizzarsi per evitare le situazioni ansiogene?

Il 24 giugno Leo se ne andò per una crisi respiratoria irreversibile. Bianca rimase pietrificata per giorni, il suo corpo si rifiutava di reagire, la sua mente trovava sollievo solo grazie agli psicofarmaci che aveva cominciato a ingurgitare senza fare troppo caso alle posologie raccomandate. Il dolore era forte ma in cuor suo Bianca era quasi sollevata, convinta che suo figlio fosse riuscito a fare ciò che lei, nel doppio degli anni, non era riuscita a realizzare: era scivolato via da quella prigione che era il suo corpo, era riuscito a porre fine alle torture quotidiane che scandivano le sue giornate. Leo ce l'aveva fatta, lei no. Leo aveva scelto, lei no.

Dopo due anni, in qualche modo, la vita di Bianca aveva ripreso scorrere e una sera, trovandosi per la prima volta a cena da sola con Ginevra che era andata a trovarla, le aveva chiesto a bruciapelo: – Ma tu cosa pensi di me?

La figlia, quella figlia per cui non c'era mai stato abbastanza tempo, quella figlia a cui non erano mai state poste domande, la stessa figlia che si sentiva da sempre amata solo in veste di "futura-assistente-del-fratello-quando-la-mamma-non-ci-sarà-più", dopo un iniziale momento di smarrimento, aveva risposto senza girarci troppo intorno: – Di quando ero piccola ricordo le urla, la sensazione di terrore che mi costringeva a rinchiudermi in camera e a tapparmi le orecchie stringendo il mio coniglio di pezza. Ero spaventata per te, ero preoccupata e mi sentivo impotente. Poi, alle medie, sono cambiata e ho provato solo tanta rabbia e vergogna: mi vergognavo di papà, mi vergognavo di te, di Leo e di tutta la nostra famiglia da quattro soldi. Da quando sono cresciuta provo solo una grande pena per te. Ti ho sempre capita ma mai giustificata, da te ho imparato solo a non credere nelle favole.

Un pugno nello stomaco, ecco cosa erano state per Bianca quelle parole, un pugno secco nello stomaco. Pena, rabbia, compassione, non sono parole che si addicono alla figura di una madre; quei termini continuavano a riecheggiare nella sua testa senza sosta.

Da quella sera, i giorni si erano susseguiti tutti uguali, i soldi e le molte ore di tempo libero che ora aveva a disposizione non le interessavano più. Per una sorta di dovere morale chiese quindici giorni di ferie e tornò al suo paese dove si sforzò di partecipare attivamente ai preparativi del matrimonio di Ginevra e del fidanzato Marcello. Arrivò il grande giorno e Bianca, elegantissima nel suo abito di raso blu, attese la figlia all'altare consegnandola simbolicamente allo sposo in trepida attesa. Quando la marcia nuziale finì, Bianca si sedette al suo posto, nella seconda panca a sinistra della navata, cercando di memorizzare anche i più piccoli particolari di quella cerimonia che si preannunciava tutt'altro che breve.

Dopo l'omelia arrivò il momento fatidico, tutti gli invitati si alzarono in piedi per vedere meglio e il silenzio calò nella chiesa.

– Io, Marcello, *prendo* te, Ginevra...

Manuela Spinella è nata a Torino ma cresciuta e residente in La Spezia, lavora da 20 anni come insegnante di scuola dell'infanzia. Appassionata di libri e di arte in generale, scrive ed il illustra storie per hobby, in particolare racconti per bambini.

L'isola

di Gabriella Boano

Marzo 2020 è per me l'inizio di un'analisi diversa. Voglio vedere i fatti sotto un'altra luce. Quella che illumina le cose belle che capitano nella vita, rende luminosa la meraviglia. Dopo essere stata male. Dopo le parole tra di noi, Ernesto e io, perché avevo bisogno di chiarimenti; sì, sono io quella che ha sempre bisogno di parlare, di capire. Voglio far luce sui fatti accaduti dentro e fuori di me. Adesso, per non dimenticare gli eventi vissuti, neanche un dettaglio o uno stato d'animo, ciò che il caso mi ha permesso di vivere. Così vorrei scriverne. E non userò il passato ma il tempo presente, perché esistono tante forme d'amore tra le persone. Una delle forme possibili è scrivere, ricordare, non passare sopra agli eventi come se non fossero successi. Non dimenticare. Mai. Neanche da lontano.

Appena ho scritto la parola lontano, mi sono accorta che non è vero, in realtà Ernesto è vicinissimo. Mi accompagna, in silenzio, tenendomi per mano. Anzi è dentro di me, ancora. E così lo voglio, tutte le volte che voglio. Senza sentire male. Penso spesso al suo sguardo su di me, l'estate scorsa. All'isola. Finita la mia vacanza, la nostra storia è continuata mediante Skype e WhatsApp. Lui ha affidato a me le riflessioni e la narrazione di quanto ci succedeva, ma si è tenuto le decisioni definitive, l'uso di frasi magre che vanno a segno, precise come lame, a volte dolci, a volte crudeli.

Alcuni giorni fa, dopo più di un mese dal precedente contatto, decido di rompere il silenzio, non passare sopra a quello che sentivo di dovergli dire.

"Per me conta ciò che abbiamo vissuto ed è importante quello che penso adesso che sono più calma: lasciamo le cose come stanno. Sono stata male prima di arrivare a questa semplice conclusione. Forse abbiamo vissuto due storie diverse. La mia è stata bellissima. A volte serve che qualcuno ci sblocchi, serve per andare avanti. Forse se continuo a parlarti, mi faccio del male da sola. Non ci dimenticheremo il piccolo pezzo di strada fatto insieme. Io sono qui e sono così. Ti saluto. Giulia."

Lui mi risponde dicendomi che sono una tentazione, però io prendo la nostra storia troppo sul serio e non mi vuole far soffrire. Dice che si sente vecchio, è da poco in pensione, la nostra storia è irripetibile nel tempo e nello spazio. Non abbiamo futuro. Gli sono molto cara e mi tiene nei suoi dolci ricordi. Che mi sembra una specie d'archivio, una collezione dove ci tiene anche tutte le altre, chissà. Io gli domando cosa vuol dire per lui cara, dolce ricordo. Non risponde. Non risponde mai a domande su di lui, su cosa sente dentro. È contento che io sia allegra. Ha sempre paura che lo accusi di qualcosa! Io non ho colpe da dare, né amo fare polemiche. Ho scelto liberamente tutto quanto. Sono fiera di essere come sono, con la mia forza e le mie fragilità; ciò che ho vissuto mi è piaciuto tanto e rifarei tutto, forse meglio. Il punto è che sono affascinata da alcuni lati del suo carattere, da alcuni suoi atteggiamenti caldi e poi gelidi, mi piacerebbe capirlo, oltre che capire me. Non sono una psicologa, sono una donna infatuata. Non è mai facile capire una persona, in così poco tempo, tantomeno giudicarla.

A Ernesto non dirò tanti miei pensieri. Mi emoziona ancora pensare a come mi faceva sentire all'inizio, alle docce gelate che mi ha riservato in più occasioni e a come stavo dopo. Il silenzio che mi ha imposto mi ha obbligato a riflettere. Deve però sapere che sto facendo un buon lavoro su di me e questo mi piace. Non tornerò mai quella di prima, ero come anestetizzata, anche grazie a lui. Non gli racconterò di progetti e obiettivi. Gli devo dire che mi dispiace di averlo investito con la mia realtà, i miei bisogni, il mio vissuto. Dovevo essere più leggera ma sono inesperta e le emozioni uscite tutte insieme mi hanno spiazzato. È irraggiungibile e inafferrabile ma non credo sia insensibile.

A questo punto è bene che racconti tutta la storia dall'inizio, come se la raccontassi anche a Ernesto, dal mio punto di vista.

L'inizio è il mese di luglio 2019, durante la mia terza vacanza in quell'hotel con parco termale, all'isola, posto che adoro per il mare a due passi, per i trattamenti col fango caldo, le passeggiate lungo le spiagge sabbiose e i promontori rocciosi. Sono in vacanza con mio marito, Giacomo. Stiamo bene, ci rilassiamo; incantevole anche il borgo vicino, un gruppo di case bianche, negozietti e ristorantini arroccati su un pendio attorno alla chiesa di San Rocco. L'hotel, piccole palazzine immerse in un parco, ha piscine termali calde e tiepide, ariose, accoglienti e allegre, immerse nel verde e circondate da lettini e ombrelloni. La palazzina dove si fanno le cure termali è comodamente accessibile ma separata da tutto il resto. Lì c'è il suo studio medico. Il primo giorno, sono le nove del mattino, mi visita. Io sento caldo, indosso un accappatoio di spugna bianco su un bikini blu; la temperatura estiva è alta già al mattino, il sole è splendido e non c'è vento. Seduto davanti al computer, legge il mio nome e mi chiede l'età. Io rispondo parlando di me, ci tengo questa volta a farmi conoscere un po'. Sono una biologa, insegno alle scuole superiori, sono nata a Torino. Abito in campagna, in Piemonte, e sono lì in vacanza per la terza volta, perché il posto mi piace molto.

Lo studio è caldo, un po' soffocante. Mi aiuta a togliere l'accappatoio e mi visita accuratamente sul lettino, ascolta con calma il mio battito cardiaco, il mio respiro, io comincio a ridere dentro di me. Mi fa scendere dal lettino, chinare in avanti il busto fin dove posso. Sono agile e tonica, vado in palestra, mi tengo in esercizio. Gli spiego che la mia colonna vertebrale presenta qualche curvatura anomala ed è un po' dolorante, per questo faccio i trattamenti termali e anche perché mi piace farli. Compio un movimento di torsione con il busto e il bacino che lo diverte, ricorda vagamente un movimento tipo danza del ventre e me lo fa rifare. Io lo guardo e sorrido. A quel punto, mi prende entrambe le mani e le appoggia sul suo corpo, appena sotto il camice, le trattiene e io sento che lo potrei accarezzare ma velocemente mi ritraggo stupita. Non sono arrabbiata, né troppo turbata. Sono allibita e continuo a sorridere dentro.

Mi dice che la porta del suo studio è sempre aperta per me, mi aiuta a indossare l'accappatoio e mi mette in mano un foglio col numero di telefono. Io lo metto nella borsa in un posto sicuro. Non voglio perderlo. Gli chiedo il nome e la sua età. Mi risponde: Ernesto del 1952. Io sono Giulia, del 1955. So solo questo di lui, ricordo i folti capelli scuri leggermente brizzolati, lo sguardo severo e un po' altero, gli occhi scuri, il sorriso che lui nasconde veloce. Non so dove abita, né il suo cognome, solo il suo nome su Skype. Vivo momenti particolari durante la vacanza, in tutti i dodici giorni. Piacevoli sfioramenti, sguardi intensi, qualche parola la sera a cena o nel parco termale se ci incontriamo, niente d'impegnativo o d'inelegante. Il desiderio aumenta in me. Di pomeriggio sento il suo sguardo che mi accarezza i fianchi, anche se non so esattamente dove lui si trovi. Di mattina lo sento camminare nella zona delle cure termali. Cerca l'occasione per incrociarmi anche solo per un attimo. Io sorrido ma sono prudente durante tutto il soggiorno, forse troppo, lui vuole solo flirtare. Sento che vorrei essere libera, essere me stessa, ma non faccio niente. Sento che cresce la gioia di vivere, sento che devo intuire qualcosa di essenziale, qualcosa che mi sta facendo del bene, sento il mio corpo che si muove libero nello spazio, nel sole, nell'acqua, nel vento, non riesco a stare ferma.

Al mattino mi alzo allegra, riposata, il corpo abbronzato, la pelle liscia, il sorriso sulle labbra, so che alla fine lo incontrerò, per caso, perché ci cerchiamo, oppure lo vedrò, da lontano, a cena. Ho l'animo leggero, sognante, sensuale, un po' spaurito. Sono in vacanza e ho voglia di conoscerlo come uomo, semplicemente sentire, ancora una volta, il mio corpo di donna accanto a quello di un uomo. Vado veloce col corpo e anche con la mente: penso a cosa io debba fare. Rimuovere il desiderio per paura? Non fare niente? Andare fino in fondo col rischio di soffrire? Flirtare anch'io, divertirmi solamente un po'? Accettare sensazioni, emozioni diverse, sentirmi viva: è una grande tentazione, ho voglia di lasciare affiorare ciò che sembrava assopito in me.

Ero convinta che non sarei più stata motivo di eccitazione per nessun uomo. Nella città dove abito, sono un insegnante alle soglie dell'età di pensionamento, moglie fedele di un uomo molto conosciuto per la sua professione. Ho passato anni tristi per varie vicende, quelle che capitano quasi a tutte le persone della mia età, vissute con la tristezza dipinta sul volto e con poca voglia di comunicare con gli altri, non mi piace lamentarmi. Non ci pensavo neppure a una simile eventualità. Non che mi consideri brutta, anzi, mi guardo sovente allo specchio con nostalgia per quelle carezze che non ci sono più da qualche tempo. Le curve sono ancora piacevoli e piene. La pelle è morbida e liscia. La pettinatura è azzeccata. So essere ironica, simpatica, non sono stupida. Ho una discreta opinione di me, insomma. E splendidi occhi verdi.

Giacomo, mio marito, ha subito, negli ultimi dieci anni, una serie di operazioni chirurgiche, l'ultima delle quali molto preoccupante e impegnativa. Non siamo spensierati come nelle nostre precedenti vacanze o curiosi e sempre in movimento come nei viaggi che abbiamo fatto in passato, questo lo sentiamo entrambi ma adesso la nostra vita è questa. Non facciamo più l'amore da alcuni anni, mi manca; anni trascorsi in un lampo, vivendo e affrontando momenti gioiosi e dolorosi. Non che manchi l'amore e l'affetto, neppure il dialogo e la comprensione, stiamo bene insieme. La casa in cui viviamo è quella dove sono cresciuti i nostri figli, la amiamo. Anche se, con il passare degli anni, è diventato faticoso curare casa e giardino, orto e aiuole fiorite, tutto quanto è diventato faticoso.

Col tempo ho nascosto il desiderio anche a me stessa perché sentivo che a Giacomo non interessava. Non posso volere di più. Devo essere forte ed equilibrata, stare vicino a Giacomo quando sta male, sopportare periodi difficili, persone care in ospedale, lutti in famiglia, ma poi, col tempo, torna tutto normale, devo restare calma. Ho due figli meravigliosi, ciascuno con la propria vita, vivono a Torino con le proprie compagne. Ho un lavoro, una bella casa, un marito che mi capisce. Va tutto bene.

"Non ricordo, Ernesto, il momento in cui ti ho detto che amo mio marito ma che non facevamo più l'amore e ti ho spiegato brevemente la situazione. Tu hai detto che io devo continuare a vivere. Che sono ancora giovane."

Da allora qualcosa vive dentro di me, mi rende felice e disperata nello stesso tempo, come se piacere e dolore si toccassero e si confondessero. Sorrisi, qualche risata, pianti, pensieri. Gioie e delusioni. Incomprensioni e spiegazioni. Siamo a marzo. Otto mesi dopo, passati in un soffio. Bellissimi anche se sono spezzata in due e fatico a leggere cosa c'è veramente dentro di me. Avevo una vita troppo ordinata. Il desiderio l'ha sconvolta. È stato difficile rientrare a casa dopo la vacanza, non avere il mare vicino. Il desiderio di comunicare con Ernesto è grande. Gli scrivo: "Non dobbiamo lasciare finire una cosa così bella, così intensa, per me così rara, non posso, non voglio."

Il modo di comunicare tra noi mi stupisce tutti i giorni: ci conosciamo così poco, non si possono condividere opinioni e pensieri troppo articolati e profondi, s'idealizza l'altro, si vive un sogno, forse ciascuno il suo, non lo stesso per ognuno di noi due. Aspetto con trepidazione un suo saluto, una sua parola, un suo messaggio. Tutti i giorni, sin dal mattino appena ci svegliamo. Io lo contatto tutte le volte che ne sento il desiderio e lui c'è sempre, mi capisce, a volte mi anticipa, mi legge dentro. Un giorno sulla vetta, uno giù per i canaloni ripidi, mezza giornata su e mezza giù. Devo accettare sensazioni nuove, richieste, rifiuti, ritardi, attese. Devo proporre, rivelare aspetti di me che non sapevo esattamente di possedere. Non si vive niente di concreto insieme ma si parla, si sogna, si comunicano emozioni e desideri. Nessuno lo sa, ci conosce, ci vede. Cresce la voglia di esplorare, di tuffarmi nel mare, giù in profondità. Lui afferma che posso e devo dirgli tutto ciò che mi dà piacere, che mi fa fremere. E io ho tanto bisogno di liberare questa parte di me, farla uscire dalla tana dove si era nascosta. Negli altri momenti della giornata continua la vita normale; a volte non vedo l'ora di andare in camera mia, devo isolarmi e ascoltarmi, divento più consapevole di ciò che voglio ma anche più smarrita; vorrei le sue braccia reali, le sue mani che mi accarezzano forte, dove vuole.

Che cosa sto facendo e pensando? Sono io questa persona? Vederci sullo schermo del computer, io nel mio studio di casa, lui nel suo quando è solo, è il passo successivo.

"Basta che io ti guardi e tutto riparte" mi dice.

Incontrarci così è dirompente, diverso da tutto, piacevole, per me del tutto nuovo e appagante ma per poco tempo. Dopo esserci incontrati, inizia di nuovo l'attesa e con essa la tensione: quando saremo entrambi disponibili e desiderosi di vederci? Collegamento video e audio funzioneranno? Viene tutto naturale e tutto cambia di giorno in giorno. Il rischio è di esagerare, di essere troppo esposti, di non avere rete di protezione, di desiderare veramente l'altro o anche di non piacersi più. Perché, quando e come fermare tutto ciò?

Vivo sensazioni bellissime. Con un senso di proibito, d'ignoto, una fiducia in noi, entrambi, incerta.

Con mio marito c'è l'intesa di sempre, il dialogo non s'interrompe mai; lui sa cosa mi manca, a volte ne parliamo, tra noi il non fare sesso non è un argomento tabù; capisce che c'è una persona che m'interessa. Io non voglio nascondere del tutto ciò che mi succede. Non sa i particolari. Non c'è ragione perché lui ne debba soffrire. Lui ha ragione a fidarsi di me: il nostro è un rapporto solido, non è in pericolo, non lo è mai stato. E non lo sarà mai. È un'altra cosa rispetto a tutto: è la mia vita reale. È il mio orgoglio di fronte a tutti quelli che ci conoscono, è la mia forza. Non è un gioco, è tutta la mia vita, quella che noi due abbiamo costruito insieme. Giacomo, io e i nostri due bambini, ormai adulti.

Sono tornata da sola all'isola nel mese di settembre, per quattro giorni, compreso il viaggio. Ho deciso io e sono contenta di essere andata, avevo bisogno di toccarlo anche solo per una volta, non l'avevo mai fatto, e di essere toccata dalle sue mani. È e rimane una persona speciale, un incontro che la vita mi ha regalato.

– Fermiamoci qui – mi dice. – Ho passato due splendide giornate con te, sono contento ma meglio non spingersi oltre, ci procuriamo del male reciprocamente.

Io, il suo rifiutarsi di fare l'amore, l'ho capito, sono gli ordini venuti dopo che mi hanno colpito nel profondo.

"Rasserenati! Non esagerare, guarda avanti!"

Parole arrivate troppo presto, quando mi concedevo di pensarlo, una mattina di fine estate, a casa, appena sveglia. Parole di ghiaccio nel pieno delle mie emozioni vere, come se ci si potesse rasserenare a comando. Come se i rifiuti non facessero male. Sono rimasta ammutolita, non ho avuto il coraggio di replicare, di domandare.

"Attimi, anche minimi, hanno un'importanza decisiva nella nostra autobiografia. Quasi mai ne siamo consapevoli. Il tempo invecchia, non cambia. Le persone incapaci di incontrare veramente gli altri non cambiano". È una frase da *La misura del tempo*, di Gianrico Carofiglio, che sento anche mia.

Le emozioni e i sentimenti sono motivi di crescita personale per me. Possono curare, portare alla luce caratteristiche scomode del mio carattere, far ricordare avvenimenti dolorosi che hanno lasciato cicatrici incrostate e quasi dimenticate nel tempo. In me ci sono domande, questioni irrisolte e intime, risposte da cercare. Ciò che vivo ancora adesso, dentro di me, mi dà la scossa, mi spinge a una consapevolezza che devo assolutamente cercare di conquistare. Mi spinge a vivere.

Mi accorgo che parlo di Ernesto perché mi ha fatto scoprire cose di me. Parlo di me e capisco di essere io ad aver interpretato tutto quello che è successo con lui a modo mio. C'è come un tempo prima di conoscerlo e c'è quello dopo; io faccio gli stessi gesti di prima ma, allegra, sensibile e morbida, non sono quella di prima.

Penso che non sia ancora finita. È difficile rinunciare nella vita alle cose belle che succedono inaspettate, che rimangono sospese, non vissute per intero, solo immaginate. Interrotte. Ricordo la sua mano che in un pomeriggio di luglio prende la mia e mi fa entrare nella sauna vicino alle piscine termali dell'hotel. All'isola, all'inizio. Ricordo le sue parole, c'eravamo solo noi due, lui che mi dice che non finisce tutto con la mia vacanza, che possiamo continuare a sentirci, anche se lontani, che sarà bello. Che lui lo vuole. Rimango attaccata affettuosamente a questa remota possibilità, a questa fantasia che potrebbe durare per la vita. Per la vita che mi rimane.

"Ciao caro Ernesto, ti voglio dire che mi piace tanto una frase che mi hai scritto, *mi fa piacere sentirti piena di vita*, è vero, l'hai intuito da lontano, è meraviglioso! Essere capita è così appagante per me. Vedi, mi basta poco. Cautela, cura e attenzione ci metto per rimanere così, per non tornare come prima. Sento un calore buono, che non brucia, non fa paura. Sempre nel cuore. Mai dire mai. Giulia."

Piacersi, poi desiderarsi, amarsi è tutta un'altra cosa, esserci è quel che conta; chissà se riesce a ricordare come cambiava il mio sguardo quando lo guardavo e com'è cambiato quando non mi ha voluto più guardare. Tutto questo nella mia mente perché nella sua io non so cosa c'è, né cosa c'era. Forse niente.

Gabriella Boano è nata a Torino, vive e lavora in una cittadina di provincia del Piemonte. Insegna materie scientifiche in una scuola secondaria superiore. È una madre e una moglie. Ha la passione per il cammino, i viaggi, il mare, la lettura. Ama ascoltare musica, un po' di tutti i generi, perché aiuta a pensare e a sognare. È una persona diretta, ama stare in mezzo alla gente, osservare le persone di tutte le età. I suoi primi lavori come scrittrice sono nati dalla grande voglia di comunicare e, con la pandemia, il tempo si è come dilatato. È stato possibile rallentare gli impegni quotidiani, cercare risposte dentro di sé, apprezzare la solitudine e il silenzio. Scrivere è diventato nel corso della sua vita un'esigenza, una risorsa e un grande piacere.

La caduta dei soldati

di Marco Perna

"Che grandissime bugiarde le fotografie" pensò Ignazio, rigirando tra le mani quella di sei anni prima, lucida, nella luce opaca del soggiorno, rivelando le ditate di chi, nel tempo, l'aveva osservata più da vicino.

Lo scatto l'aveva fatto Aldo con la sua macchinetta digitale da dodici pixel, ritraeva la grigliata di ferragosto 2011, sulle rive del fiume Tolsimiccia, tutti intorno al tavolo da giardino, tempestato di manicaretti per l'occasione. Erano sei le persone sedute; chi si versava da bere, chi rideva per chissà quale cazzata e chi addentava l'ennesimo, coraggioso boccone di quel pranzo infinito, tutti illuminati dal sole insistente del tardo pomeriggio. Ignazio si guardò ancora una volta, la pelle più giovane, le rughe meno aggressive, gli occhi meno stanchi. Soltanto sei anni ed era come vedere un'altra persona, un tizio qualsiasi, che però ci credeva di più. Sorrise nel vuoto della stanza, sorrise al ricordo del novembre dello stesso anno, quando Aldo bussò alla loro porta per portargli la foto.

– Oh Al, e che ci fai da 'ste parti? Entra.

– Igna, ciao, sono passato per le foto.

– Che foto?

– Di ferragosto. Ne ho fatta stampare qualcuna. Ce n'è una in particolare, che dovete vedere.

– Ancora a stampa' le foto, Al? Guarda che la Kodak è fallita.

– Se, come no, dite tutti così, poi gli album di foto ce l'avete sempre pieni.

– Eh vabbè… ananas o pera?

– Vai con l'ananas, grazie.

– Vedo che stai già a prova' il divano nuovo, ti piace?

– Una bellezza veramente… sempre a trattarvi bene voi eh? Grazie. Claudia è ancora a lavoro?

– No no, sta in doccia. Allora, 'sta storia della foto?

– No guarda, una cazzata, però, secondo me, di quelle belle. Ma la dovete vedere entrambi. Intanto, toh, comincia a guardare le altre che v'ho portato.

– No vabbè stupendo, Marta che fa il pellicano col l'insalata di riso, ma è 'no spettacolo!

– Perché guarda queste, no aspetta, eccole qua. Giacomo e i suoi tentativi di prendere sulle spalle Elisabetta e il tocco di classe finale: a faccia a terra.

– Ahah, che idioti!

– Oi ciao Cla', come stai?

– Ehi Alduccio, che sorpresa! Bene bene, tu? che ci fai qua?

– Niente, sono andato a stampare le foto di ferragosto e ve ne ho portata qualcuna.

– Uh, voglio vederle! Fai vede' amo.

– Eh ma Aldo dice che la vera chicca la dobbiamo vede' insieme, no Al?

– E infatti, guardate questa, ragazzi!

– Fai vede'… tutti seduti, a parte te, il solito fissato. Boh?

– Amo ma come! Guardaci, siamo bellissimi.

– Esatto! Dai Igna, guarda come vi guardate negli occhi tu e Claudia, sorridendo. Siete proprio l'amore in questa foto, ragazzi, con la "A" maiuscola.

– E chi c'aveva fatto caso! Ci vuole la lente d'ingrandimento... comunque bella veramente Al, c'hai beccati al momento giusto.

– Sì eh, mister "la Kodak è fallita", ti darei una pizza guarda...

– Ahah! C'hai ragione dai, una foto su mille vale la pena d'essere stampata...

– Amo, che stronzo che sei però! Grazie Aldo, sono stupende, ma questa è da incorniciare.

– Tranquilla Cla', sono solo undici anni che lo sopporto, questo stronzo.

– Ahah, sei un santo Al.

– Alduccio, resti per cena?

– Sì dai, ci dobbiamo sdebita' per le foto, e poi ho imparato a fa' un couscous di verdure che è 'na prelibatezza.

– Ok dai, vediamo se ti superi, il rustico di ferragosto, mammamia, e che cos'era!

Ovviamente nulla poteva battere il rustico con carne macinata, mozzarella e peperoni. Sei anni prima, quel couscous, senza saperlo, aveva perso in partenza.

Ignazio smise di sorridere all'istante a quella vivida finestra del passato e la stanca vena di nostalgia, gli morì, sbiadita, tra le braccia. Chiuse gli occhi per un momento, desiderando di vedere solo nero, allontanare quei ricordi che proprio lui, quella sera, s'era andato a cercare, chissà perché poi. Chissà perché gli esseri umani fanno così, come se volessero fare i conti col passato, ciclicamente, perché nel presente si è sempre più pronti. Il presente è il tempo degli eroi dell'"adesso saprei cosa fare", mentre il passato è il campo di battaglia dei soldati caduti sotto il peso dell'imprevedibilità. Si alzò, lasciando cadere la foto sul divano, come a scrollarsi di dosso pure i ricordi, che invece gli rimasero impigliati tra le maglie della felpa e la pelle. Se li portò a letto, mentre crollava in un sonno denso, ricco di sogni che non avrebbe mai ricordato.

Alle 8:30, la sveglia lo fece sobbalzare. La spense con la mano, a tentoni, quando trovò il cellulare sul comodino e si riaddormentò all'istante. Cinque minuti più tardi, un'altra sveglia lo ridestò. Stranito, e certo del fatto di non aver programmato nessuna sveglia per quella particolare domenica, spense di nuovo l'allarme, girandosi sul lato destro, con gli occhi impastati dal sonno. Fu a quel punto che intravide, tra le fessure delle sue pesanti palpebre, la donna che giaceva al suo fianco. Spalancò gli occhi, deglutendo senza successo, in mancanza di saliva fresca da mandar giù. Il cuore gli rimbalzava in ogni parte del corpo. Restò immobile, per qualche secondo, a osservare l'ex fidanzata che dormiva beatamente nel suo letto. Cercò di nuovo il cellulare a tentoni, senza distogliere lo sguardo da Claudia. Toccò lo schermo: 8:39, lunedì, 15 agosto 2011. Realizzò di avere tra le mani il suo vecchio Galaxy S e subito aprì la galleria d'immagini, quel fiume in piena di terrore, così reale, quasi lo fece annegare. Le foto di Madrid del mese precedente, il compleanno di Giacomo a maggio, capodanno 2011. Erano tutte lì, al loro posto, a ricordargli con fermezza che quello, adesso, era il presente.

Trovò la forza per sedersi sul letto, con le spalle poggiate sulla testata, mentre osservava i vecchi quadri che, in effetti, avevano abitato il suo appartamento in quel periodo. Di fronte al letto, poco sopra il televisore, una manciata di fotografie dei loro viaggi, baci e scemenze. Non distolse mai completamente lo sguardo da lei, mentre, in quei folli minuti, controllava con frenesia ogni angolo della camera che i suoi occhi, da lì, potessero raggiungere. Ignazio indugiò a lungo sui capelli neri di lei, le labbra carnose e il suo naso all'insù, così delicato. Ogni tratto del suo corpo le regalava quell'alone di fragilità che lui mai avrebbe pensato di scorgere ancora. Per un attimo, il cuore rallentò e i suoi occhi si colmarono di lacrime calde e improvvise che fece abortire coi palmi delle mani, prima che gli rigassero il volto, come a voler reprimere l'assurdità di quel momento, l'istante in cui ricordò quanto, un tempo, l'avesse amata.

Quando suonò la sveglia di Claudia, alle 8:45, Ignazio sobbalzò nuovamente e iniziò a guardarsi intorno allarmato, mentre grosse gocce di sudore nascevano tra le tempie e l'attaccatura dei capelli. La ragazza al suo fianco mugugnò un verso, spense la sveglia e aprì gli occhi, di un marrone chiarissimo, quasi ocra. Lo fissò per un istante, gli accarezzò il petto e, senza alzarsi, gli si avvicinò alla vita, abbracciandolo e sospirando per il sonno. Lui, una statua in mezzo al letto, pensò a così tante cose che il risultato fu quella familiare sensazione di vuoto, come se tutto l'imbarazzo, il terrore e l'incredulità si fossero annullati a vicenda, lasciandolo così, un inanimato pezzo di carne sul letto del suo appartamento, versione 2011. Claudia lo guardò dal basso, ancora abbracciata a lui.

– 'Giorno amore, che palle questa scampagnata, voglio dormire!

Ignazio non rispose, non ci riuscì. Non poteva neanche considerare l'eventualità che la sua bocca potesse effettivamente emettere suoni.

– Amo ma che è? C'hai una faccia. Non hai dormito?

Si schiarì la voce, come a voler accertarsi della presenza delle corde vocali.

– Buongiorno amo... è che ho dormito malissimo, non so perché.

– Te lo dico io il perché, amo, sarà stata l'idea di stare tutta la giornata con quei quattro stronzi che parlano sempre delle stesse cose, che palle.

– Forse hai ragione tu.

– Amo, sicuro di star bene? Non lo so, ti sento strano.

– Sì, sì amore, tranquilla. Vado a farmi una doccia, che sennò facciamo tardi.

Volle rischiare. Si abbassò per baciarla sulla fronte. Claudia apprezzò il gesto, sorridendo con dolcezza e, tenendogli la testa con la mano dietro la nuca, ricambiò, baciandolo sulla bocca. Una strana sensazione, il loro primo bacio da quattro anni a questa parte, per lei, invece, soltanto un normalissimo bacio mattutino, senza pretese. D'un tratto ricordò il potere che quei baci avevano su di lui, il sapore e l'odore di Claudia gli regalavano, ogni volta, una sensazione di sicurezza, qualche cosa di familiare che gli suggeriva che quello era il posto giusto, tra le sue labbra rosa pastello. Ma furono soltanto fugaci secondi di vecchie abitudini dure a morire, tornò presto alla realtà e al suo patetico travestimento da paradosso. Senza rendersene conto, aveva trattenuto il fiato per qualche secondo e quando espirò, il cuore ricominciò a galoppare all'impazzata, in debito di ossigeno e, forse, d'amore. Magari l'apnea esistesse anche per i pensieri.

Il bagno era lo stesso cesso di sempre, soltanto col profumo e il disordine di lei, cose che gli fecero nuovamente un male cane. Vide nel riflesso i suoi capelli castani, tagliati corti come sempre, e quegli occhi noce che lo fissavano, stanchi e impietosi. Guardandosi più da vicino, allo specchio, finalmente capì. Non erano le occhiaie di una notte insonne, né la stanchezza di un uomo appena sveglio. Quello che aveva cucito in volto era il peso del tempo. Era la sua faccia del 2017. Non sarebbe bastata una doccia lunga una settimana per venire a capo di una situazione tanto assurda, ma Ignazio cercò di riordinare i pensieri ugualmente sotto i colpi incessanti dell'acqua e dei ricordi di cui si sentiva uno scomodo ospite.

La maniglia della porta del bagno si abbassò, invano.

– Amo, ma che, ti sei chiuso dentro? Mi fai preoccupare così.

Un errore da principiante che, d'altronde, chiunque avrebbe commesso, trovandosi un'estranea dal passato in casa.

– Sì... scusa amo, dovevo pure cagare, ho quasi fatto.

– Ahah amore! Un principino.

Uscì dal bagno, ritrovandosela di fronte, coi capelli arruffati e bellissima, che lo guardava assonnata. Incredibile come, pur venendo letteralmente dal futuro, non riuscisse a scrollarsi di dosso l'idea di amarla, un'immagine così reale e lancinante da fargli quasi dubitare di come sarebbe andata a finire. Claudia si avvicinò a lui e gli diede un bacio a stampo, prolungato e umido, che quasi gli risucchiò l'anima.

– A che ora dobbiamo passare a prendere Aldo, amo?

– Boh, non mi ricordo, adesso gli scrivo.

– Ok amore.

Quasi ci prese gusto a recitare, ancora una volta, il ruolo del suo amore e, per un secondo, desiderò con tutte le sue forze di non ricordare nulla, di non sapere. Fu quasi tentato di godersi un semplice pic-nic tra amici, in onore dei vecchi tempi. Ma quelli, invece, erano tempi nuovi per le ignare vittime di quell'ospite a sorpresa, colto in fragrante dal destino a guardarle in foto, la sera prima. Indossò, quasi divertito, gli stessi abiti che qualche ora prima aveva osservato nella fotografia di Aldo, per dare un tocco di veridicità a quella folle circostanza. Non appena l'acqua della doccia iniziò a scorrere, Ignazio afferrò il cellulare di Claudia dal suo comodino. Una semplice azione che, nel 2011, non si sarebbe mai sognato di compiere; una banalità che gli provò di essere un'altra persona, che gli piaceva decisamente meno. Cinque minuti più tardi, ripose il cellulare e andò a fare colazione. Questa volta non riuscì ad asciugarsi le lacrime in tempo, gli scivolarono sul volto e qualcuna si mescolò al latte con i cereali. Notò poi, sul piano da cucina, il rustico che aveva preparato il giorno prima, di sei anni fa, e gli scappò un mezzo sorriso, amarissimo.

– AMOOO! METTI IL RUSTICO NELLA CARTA ARGENTATA?

Ignazio provvide. Preparò anche le posate, i tovaglioli e mise le bevande fresche nella borsa frigo. Claudia entrò in cucina e subito gli regalò un bacio sulla guancia, poi bevve il succo d'arancia che lui le aveva preparato, ricorrendo a un tassello redivivo del puzzle della sua memoria. Finirono di preparare insieme le ultime cose e alle 9:35 erano pronti per partire. Aldo li aspettava fuori il portone, nonostante fossero qualche minuto in anticipo.

– Ciao Alduccio! vai, ti cedo il posto accanto al tuo fidanzato.

– A ah, troppo gentile.

– Oh Al, come stai?

– Igna ciao. Eh, c'ho un sonno...

– A chi lo dici. Senti, ma le altre due coppiette?

– Ho sentito Elisabetta prima, ci aspettano all'entrata del parco verso le undici. Cla', metti questa busta dietro, per favore?

– Che hai portato di buono, Alduccio?

– Ecco qua, grazie. Ragazzi, oggi vi stupirò con la pasta al forno, ricetta riesumata direttamente dal diario della nonna! Voi?

– Mm, amo la pasta al forno! Noi abbiamo il super rustico di Ignazio, con carne, mozzarella e peperoni.

– Igna e dai, spingi su quest'acceleratore che già c'ho l'acquolina.

– Mannaggia a me che ho fatto colazione stamattina, co' tutta 'sta roba...

– Amo te l'ho pure detto ieri sera di non mangiare stamattina, sei di coccio!

– Mi so' scordato amo...

– Tranquillo Igna, sappiamo bene che ti basteranno questi quaranta minuti di macchina per digerire pure le pietre.

I tre risero di gusto, chi più, chi meno. Il viaggio proseguì piacevole, a tratti ricordò quanto erano belle quelle giornate, quell'alchimia, e quel ricordare gli faceva male tutte le volte. Quando rivide la parte restante del gruppo, Mirko, Giacomo, Marta ed Elisabetta, ebbe un inaspettato tuffo al cuore, provò un sano piacere nel rivederli. Dovette però dissimulare le emozioni esagerate di chi non li vedeva da anni, poiché, a quel tempo, erano un paio di settimane al massimo. Apparecchiarono il tavolo di legno e sistemarono le bevande in fresco, in riva al fiume. Tutti scalzi, con l'erba fresca a pungergli i piedi e le facce felici. Tutto come in foto. La giornata si trascinò, con sua sorpresa, con la disincantata serenità d'un tempo. Un paio di volte rise di gusto. In certi momenti si estraniava, come se li guardasse dall'esterno, proprio come aveva fatto con la fotografia, il giorno prima di parecchi anni dopo. Al momento del fatidico scatto, Ignazio volle a tutti i costi farlo lui e, dopo una timida insistenza di Aldo, riuscì nel suo intento. Osservò tutti i presenti dalla micro camera della macchinetta e a un tratto gli sembrarono tutti meravigliosi e al posto giusto, persino lui lo era, in quel preciso istante. Subito dopo, Aldo scattò ugualmente un'altra fotografia, per immortalare tutti gli innamorati insieme. All'istante dello scatto, Ignazio, con occhi spenti, guardò Claudia. Lei, dal canto suo, guardava fisso nell'obiettivo della macchina fotografica. Resero quella seconda fotografia di gruppo una nuova opera, a cui nemmeno lui, l'uomo del futuro, aveva ancora rivolto lo sguardo. Continuarono a recitare la comitiva felice per un altro paio d'ore abbondonati, dopodiché si avviarono alle macchine, salutandosi con abbracci e baci pomposi. Ignazio era nervoso, la giornata che aveva avuto l'immensa fortuna (o sfortuna) di poter vivere due volte era ormai sulla via del tramonto. Mentre guidava, in un silenzio irreale, decise di non sprecare la più unica che rara situazione di saper cosa dire e fare.

– Al, fammi vede' un po' la foto che ho fatto oggi.

– Aspetta che te la cerco... Eccola, è questa.

Ignazio, con un occhio sulla strada e l'altro sul mini schermo della macchinetta, vide ciò che già sapeva per certo. Un déjà-vu di puro dolore. Si ritrovò a guardare la quasi stessa identica foto, in meno di ventiquattro ore. Una parte di sé, quella vigliacca, si convinse di averlo capito già nel 2011, soltanto aveva impiegato diversi anni per digerire il tutto. Non quel giorno però, quel giorno Ignazio volle onorare il suo noto, stoico metabolismo.

– Oh oh, e che so' sti sguardi raga'? Sembrate due piccioncini.

– Ma chi, Igna?

– Eh, guarda qua, pare che tu e Claudia vi state a guarda', sorridendo.

– Ah ah! Ma stai fuori! È l'effetto della prospettiva, sicuro.

– Sì eh, la prospettiva di 'sto cazzo. Sono io che so' miope...

– Amore ma che stai dicendo, fammi vedere... no dai! Come fai a dire una cosa simile, boh.

– E tu come fai a dire 'ste puttanate invece? Torna a dormì, va', che fai più bella figura.

– Igna basta dai, abbiamo bevuto tutti, siamo stan...

– Aldo ma che cazzo stai a di' pure tu! Sei un infame, un pezzo di merda.

– Igna, per una foto, sul serio? E dai su, ci conosciamo da 'na vita.

– E proprio per questo mi fai più schifo, bastardo!

– Amo basta ti prego, guarda la strada e smettila con 'ste cattiverie senza senso.

– Senza senso? Dammi un po' il telefono su, per favore.

– C-cosa, ma perché... non guardiamo i nostri cellulari amo, lo sai.

– PASSAMI 'STO CAZZO DI CELLULARE CLA'!!!

– Amo, guarda la strada, e dai togli 'sta mano, basta amo!

– Dai Igna, metti la mano sul volante...

– TU TI DEVI STA' SOLO ZITTO!

– Amore, per favore, guarda avanti...

– Perché cazzo fai resistenza se non c'hai niente da nascondere, eh?

Quando, in quel groviglio di mani, Ignazio riuscì ad afferrare il telefonino della sua amata, aveva ormai distolto lo sguardo dalla strada per troppo tempo. Il guardrail cedette subito, data la velocità del veicolo che precipitò, esausto, nel dirupo sottostante. In quei fragili e lunghissimi secondi, Ignazio accennò un sorriso mentre i due amanti urlavano a squarciagola, tenendosi la mano, dal lato della portiera, dove il suo sguardo non poteva arrivare. Ma a quel punto, lo sguardo di Ignazio non doveva arrivare più da nessuna parte. Non gli importava neppure sapere se quello fosse soltanto un sogno. Per quel che valeva, in quell'istante, poteva anche essere l'Ignazio del 2011, sapeva di aver comunque fatto la cosa giusta, perché quella giornata non gli era servita solo a smascherare i loro tradimenti. Quel

15 agosto del 2011, versione 2.0, gli servì a ricordare che nella vita, se si è fortunati davvero, si ama così una sola volta, e che lui, così, non voleva amare mai più.

Marco Perna nasce a Napoli nel 1991. L'interesse per la scrittura è presente fin dalla più tenera età e, poco prima di compiere ventuno anni, pubblica la sua opera prima, edita dalla casa editrice Book Sprint Edizioni con il titolo *Biglietto andata e ritorno per l'inferno*. Seguono varie partecipazioni a concorsi letterari nazionali ed internazionali per la narrativa breve, figurando finalista della I edizione del Premio Letterario Queneau, della I edizione del concorso Storie Fantastiche, della VII edizione del Premio La Quara. Per quanto riguarda la poesia, si classifica tra i primi autori nella III edizione del Premio Letterario Teorema del Corpo e della I edizione del Premio Internazionale di Poesia Inedita La Panchina Dei Versi.

La camera d'albergo

di Enrica Mambretti

Il dottor Ravasi, camminando verso gli ascensori, incrociò un collega con il camice sbottonato e il passo frettoloso. Lo salutò con un cenno del capo e l'altro rispose con un sorriso distratto. Non lo conosceva ma immaginò che fosse un ortopedico. Riteneva che certe caratteristiche dell'aspetto e del modo di muoversi avessero attinenza con il tipo di professione esercitata, e si divertiva a classificare bonariamente gli altri medici.

I gastroenterologi erano quasi sempre paffutelli, ben sbarbati e simpatici. I cardiologi, con lo stetoscopio al collo, espressioni ponderate, chieriche di capelli prematuramente canuti, profumavano di acqua di colonia e davano l'impressione di essere sicuri delle proprie opinioni. I dermatologi, dal camice lindo e stirato col bavero sollevato, camminavano impettiti con la schiena dritta e spesso portavano occhiali che, se non erano infilati sul naso, pendevano sul petto con una catenella.

Gli ortopedici, mani grandi e forti, andavano di fretta – proprio come il collega incontrato poco prima – ed erano pensierosi, forse concentrati sul caso clinico appena visto o che si apprestavano a esaminare; di solito, non amavano intrattenersi a parlare.

Da quasi vent'anni il dottor Ravasi lavorava in quell'ospedale milanese come ginecologo e chirurgo ostetrico. Capitava di frequente che, anche quando il suo orario era terminato, trascorresse ore in sala operatoria o tra le corsie.

Quello stesso giorno il suo turno lavorativo sarebbe dovuto finire alle ventitré, ma una complicanza dell'ultimo parto cesareo lo aveva trattenuto più del previsto: tre neonati minuscoli, gemelli omozigoti, avevano deciso di venire al mondo in anticipo e in modo piuttosto complesso; ora però stavano bene e dormivano beati nell'incubatrice.

Il grande orologio appeso alla parete segnava le due meno un quarto e dalla finestra del corridoio all'ultimo piano si vedeva la città che da lontano, con le sue luci tremolanti, sfidava il buio della notte.

Aveva piovuto tutta la sera ma ora si stava alzando il vento e probabilmente avrebbe portato via le nuvole.

Raddrizzò le spalle e distese il collo, stirando i muscoli della schiena.

L'indomani mattina... anzi, in realtà da lì a qualche ora, sarebbe dovuto ritornare in ospedale per il giro delle visite e, se non avesse avuto appuntamento con Chiara, sarebbe rimasto a dormire nella camera riservata ai medici in fondo alla corsia, come aveva fatto tante altre volte.

Raggiunto il suo armadietto lasciò il camice e si infilò la giacca. Mentre scendeva, appoggiato contro la parete di fondo dell'ascensore, le mani strette a pugno nelle tasche, inspirando profondamente per un istante chiuse gli occhi e pensò che era in piedi da quasi venti ore e che aveva bisogno di riposare.

Chiara abitava nell'hinterland, dalla parte opposta della città e sarebbe stato faticoso raggiungerla a casa e poi rimettersi alla guida per tornare. Per fortuna avevano trovato un albergo dove incontrarsi, in una via poco distante dall'ospedale, e questo permetteva loro di trascorrere la notte insieme due o tre volte al mese.

Lui l'aveva conosciuta un paio di estati prima, al porto di Rovigno. Davanti a un peschereccio appena ormeggiato si era radunato un capannello di gente curiosa per guardare alcuni marinai che stavano scaricando le cassette del pesce. Anche lui si era fermato, ma a una certa distanza, rimanendo a osservare la scena proprio come alcuni gatti grigi che aspettavano di capire se valesse la pena di avvicinarsi.

In mezzo a quelle persone, il dottor Ravasi l'aveva notata subito: avvolta in un pareo giallo, capelli castani lunghi e luminosi, leggermente mossi, sembrava appena salita dalla spiaggia. Si erano scambiati un'occhiata e lui, con una scusa, le era andato accanto e le aveva rivolto la parola; dopo qualche chiacchiera erano finiti al baretto per prendere una granita.

Il suo modo di parlare, con un tono di voce morbido e gli occhi che sembravano sorridere, gli piacque subito. Quando poi lo ascoltava, con il busto leggermente teso in avanti e le labbra socchiuse, in un silenzio attento che dimostrava interesse, di tanto in tanto inclinava leggermente la testa invitandolo a continuare.

Il tempo di terminare la bibita gli bastò per capire che non avrebbe più potuto dimenticare la sua dolcezza.

Al piano terra dell'ospedale attraversò l'ingresso, sollevò il bavero della giacca e uscì per strada. Non pioveva più. Una folata di vento gelido gli pizzicò la faccia. Il taxi che aveva chiamato era già in attesa e, tenendosi il cappello con una mano, salì a bordo, dando al conducente l'indirizzo dell'Hotel Florio.

A quell'ora le strade erano deserte e vi arrivarono in pochi minuti.

La hall dell'albergo era arredata in stile vittoriano, con due piccoli divani a righe bianche e bordeaux, un basso tavolino con il piano intarsiato e un grande orologio a torre in legno di mogano.

Il dottore si avvicinò al bancone e chiese in quale camera alloggiasse la signora De Micheli.

– Alla 26, secondo piano – gli rispose, con un sorriso, una ragazza bionda. – Sua moglie mi ha avvisata che lei sarebbe arrivato tardi.

Chiara non era sua moglie ma per incontrarsi avevano concordato quella modalità: lei si registrava per prima, pagava la camera, e quando lui la raggiungeva nessuno gli chiedeva i documenti.

Si avvicinò all'ascensore che stava scendendo.

Uscì un uomo sui cinquant'anni, con un completo gessato, camicia rosa e mocassini neri. Busto dritto e testa alta. Se fosse stato un medico, in base ai suoi parametri, sarebbe stato un dermatologo.

Mentre saliva al secondo piano, pensò che mai aveva fatto così tardi.

Forse Chiara si era addormentata e bussando per farsi aprire l'avrebbe svegliata. O chissà che non avesse chiuso la porta a chiave.

Camminando verso la stanza in fondo al corridoio, si accorse che non provava l'entusiasmo che sempre precedeva i loro incontri.

Prima di battere le nocche sul legno provò ad abbassare adagio la maniglia: la porta era aperta.

Non accese le luci e scivolando all'interno della camera si accorse che la penombra, dopo un attimo di adattamento, era sufficiente per orientarsi.

Chiara dormiva. Era voltata di spalle, coperta da un lenzuolo e i bei capelli, quasi arruffati, risaltavano sul cuscino bianco. La luce che filtrava dalle persiane conferiva alla chioma un riflesso ramato e caricava quell'immagine di un senso di sacralità.

Gli venne in mente un quadro di Velázquez, la *Venere allo specchio*, dove la figura della dea, ritratta adagiata sul letto, esprimeva grande sensualità ma al contempo incuteva un senso di riservatezza e di pudore.

Una piccola vertigine lo fece arrestare a un passo dalla porta, appena chiusa alle sue spalle.

Con lo sguardo accarezzò il profilo di quel corpo disteso, a pochi metri davanti a lui, soffermandosi sulla curva dei fianchi, morbida e velata.

Percepiva l'intimità che quella situazione gli riservava e si compiaceva del privilegio.

Nel silenzio ebbe l'impressione di avvertire il respiro di Chiara, lento e regolare, e anche di sentire il profumo della sua pelle.

Pensò di spogliarsi e di infilarsi sotto le lenzuola, come tante altre volte. Avrebbero fatto l'amore e poi, prima di addormentarsi, avrebbero parlato un poco, scambiandosi qualche frase affettuosa.

Invece rimase fermo a guardarla, in piedi, senza avvicinarsi.

Rilassata e immobile, sembrava così inerme, indifesa... provò un moto di tenerezza.

Non era una dea, Chiara, ma una donna fragile e delicata.

Con lui era sempre stata dolce, disponibile, paziente e davanti ai suoi ritardi o agli appuntamenti mancati, non si era mai lamentata né arrabbiata. Anche in quell'occasione, nonostante l'indecente ritardo, per rispetto non lo aveva sollecitato neppure con un messaggio.

Quella donna gli stava regalando la propria vita, anche se lui, per la verità, non le aveva chiesto nulla. A volte sembrava addirittura arrivare ad annullarsi per amore suo.

Forse troppo... Possibile che accettasse tutto quello che faceva o decideva senza mai dissentire?

Non aveva un po' di amor proprio?

Cominciò a provarne pena.

Era stanco. I loro incontri stavano diventando faticosi.

Portò una mano alla fronte, quasi a voler sentire se scottava.

Per quanto sarebbe riuscito ancora a portare avanti quella relazione?

Amava Chiara, certo, ma probabilmente con lei non avrebbe potuto costruire qualcosa di davvero importante. O forse neanche l'amava. Forse la sua era solo l'infatuazione di un uomo di mezza età per una donna bella e giovane.

Si allentò un poco la cravatta.

La presenza di quella figura, adagiata sul fianco come una dea greca coperta da veli, ora stranamente lo infastidiva.

No, non sarebbe dovuto venire.

Si avvicinò alla toeletta di fronte al letto. Era un mobile antico di legno scuro, la specchiera ovale aveva la cornice dorata e la poltroncina una seduta trapuntata di pelle rossa. In altri momenti lo avrebbe trovato romantico, ma ora gli parve patetico.

Sul ripiano alcuni oggetti sparsi sembravano lasciati a caso, tra essi una penna. Le sue dita l'afferrarono e poi, lentamente per non far rumore, sfilò dalla tasca la ricevuta della lavanderia per la giacca che aveva ritirato quella mattina, la girò dalla parte bianca e appoggiandola sopra il legno la lisciò con il palmo di una mano.

Spostò il foglio di qualche centimetro in un punto dove la luce, pur debole, era sufficiente per scrivere.

Gli vennero in mente delle parole vergognosamente banali, tuttavia ciò che a quel punto davvero contava era chiudere la loro relazione.

Meriti un uomo migliore, che possa renderti felice.
Non sono io, perdonami.

Attraverso lo specchio, senza voltarsi, la guardò un'ultima volta e poi, con passi felpati, uscì dalla camera e se ne andò dall'albergo.

Per strada, le raffiche di vento si erano calmate, però il freddo era ancora pungente.

La notte adesso era stellata e Sirio si distingueva per la sua luminosità.

Sarebbe tornato in ospedale ma prima aveva voglia di fare due passi.

Chissà perché aveva immaginato che lasciare quel messaggio a Chiara gli avrebbe dato un senso di leggerezza e che si sarebbe sentito sollevato: in fondo facendolo si era riappropriato della libertà. Invece, camminando, sentiva le gambe pesanti e la testa frastornata.

Perché, nello scrivere quelle frasi, aveva usato un tono così impersonale?

Non sarebbe stato necessario essere così duro e distaccato, in fondo lei era sempre stata molto tenera e attenta nei suoi confronti: quando aveva avuto bisogno di sfogarsi lo aveva ascoltato e quando si era sentito stanco o demoralizzato lo aveva rincuorato.

Una donna così avrebbe meritato più rispetto, più gratitudine, ma lui le aveva detto addio con un biglietto, senza neppure guardarla negli occhi, senza lasciarle la possibilità di replicare.

Era stato un codardo, un terribile vigliacco.

In fondo al viale vide un bar illuminato. Quasi per inerzia lo raggiunse, ordinò un caffè e dopo averlo mescolato per qualche secondo lo bevve d'un fiato, al bancone, con lo sguardo fisso contro la parete.

Nella sua mente stava cominciando a prendere forma la sensazione di aver fatto una stupidaggine.

Si stropicciò gli occhi e fece un respiro profondo.

Forse zucchero e caffeina gli avrebbero restituito un po' di lucidità.

Nuovamente per strada, riprese a camminare adagio, senza più una meta. Non aveva nessuna importanza, ora, dove stesse andando, non sentiva più il sonno e aveva voglia di niente.

Si fermò davanti alla vetrina di un fiorista. L'interno del negozio era buio ma dalla saracinesca a maglie larghe si potevano scorgere numerose piante. In un angolo c'era un vaso di rose dai diversi colori.

Ricordò il secondo appuntamento con Chiara, nel piazzale della Chiesa di Sant'Eufemia, in cima a un promontorio dal quale si potevano ammirare scorci di litorale istriano.

Era emozionato e le aveva portato un mazzo di rose bianche.

Seduti sul muretto, erano rimasti a parlare delle loro vite davanti alle imbarcazioni che passavano più o meno distanti dalla costa. Il mare era di un celeste profondo, come mai l'aveva visto prima, e il profumo delle rose lo aveva inebriato mentre, cercando di non farsi notare, guardava le sue labbra con desiderio.

Per un istante rivide il profilo del suo corpo, solo coperto dal lenzuolo bianco, disteso nel letto dell'albergo. Si commosse.

Le frasi scritte sul foglietto della lavanderia rimbombarono nella sua testa, ogni parola un colpo di martello. Le provò a ripetere ad alta voce e se ne vergognò.

Come aveva potuto comportarsi in quel modo?

Chiara era la donna che aveva sempre desiderato e lui, invece che lasciarla, avrebbe dovuto diventare una persona migliore per meritarla.

Guardò l'ora. Erano le cinque.

Chissà, forse non si era svegliata e non aveva ancora letto il biglietto.

Cominciò a correre verso l'albergo, il cuore che usciva dal petto.

Lontano, sulla linea dell'orizzonte, una fioca luminosità preannunciava l'arrivo del nuovo giorno.

L'affanno e l'odore dei tubi di scappamento delle prime automobili che circolavano gli causarono quasi un senso di soffocamento.

Entrò trafelato dalla porta a vetri dell'albergo.

Una donna, con dei luminosi capelli castani, dal vano scale si stava avvicinando alla reception a passo deciso. Stava già andando via? Con un gesto risoluto appoggiò la chiave sul piano del bancone e lui riuscì a scorgere il numero della camera: 28.

28?

Capelli castano ramati, lunghi e ondulati...

28... 26?

Il dubbio lo colpì come un pugno nello stomaco.

Infilò le scale salendo i gradini due alla volta e correndo lungo il corridoio raggiunse la porta in fondo, che solo un paio d'ore prima aveva oltrepassato per entrare in quella camera.

Numero 28.

Lo colse un senso di nausea.

L'uscio era socchiuso e questa volta gli bastò spingere la porta.

Il letto vuoto, le lenzuola un poco stropicciate.

Il foglio che aveva lasciato sopra il mobile della toeletta era sparito.

Le pulsazioni gli rimbombavano nelle tempie, faticava a concentrarsi, ma doveva analizzare in fretta la situazione.

Di nuovo, si precipitò per le scale, uscì in strada... solo per vedere quei capelli castano ramati infilarsi in un taxi.

Provò a chiamare.

L'auto era lontana.

Alzò gli occhi, le ultime stelle della notte arretravano timide davanti all'arrivo di un sorprendente cielo arancione e rosa.

Rientrando nella hall, trascinando i piedi come fossero di piombo, sentì addosso lo sguardo della signorina del turno di notte.

Per quanto incuriosita, mai gli avrebbe chiesto qualcosa.

Si diresse lentamente verso l'ascensore.

Ora non restava che andare a bussare alla camera 26.

Le gambe erano pesanti ma la mente lucida, come il cielo pulito dopo il violento temporale.

Avrebbe voluto avere un mazzo di rose bianche.

Enrica Mambretti ha ricevuto una formazione scientifica, non rinunciando mai all'interesse per la filosofia e la letteratura. Alla professione di medico veterinario ha sempre affiancato la scrittura.

L'amore per la natura e il desiderio di conoscenza l'hanno portata a compiere lunghi viaggi, ispirando i suoi primi libri: *In cammino verso Santiago* nel 2015 e *Paso Doble* nel 2017, Bellavite editore.

Il romanzo *Limpida è la sera* del 2019, che ha ottenuto numerosi riconoscimenti letterari nazionali e internazionali, parla del singolare rapporto tra un adolescente e suo padre.

Come nuvole innamorate, edito da Albatros nel 2020, raccoglie storie appassionanti di animali vissute dalla veterinaria e raccontate dalla scrittrice.

Numerosi suoi racconti sono stati pubblicati in libri e antologie.

Un gradino dopo l'altro

di Chiara Santarelli

1

Diego sceglieva le sue amanti tra le donne che frequentavano i locali in città, le osservava e ne studiava i punti deboli, poi iniziava un approccio silenzioso, fatto di sguardi e sorrisi.

Quando era sicuro di averle attirate, procedeva sui social, tastava il terreno scrivendo, di notte, frasi insulse; ad esempio "vai a nanna" oppure "non dormi?", lanciava l'esca e attendeva.

Di solito rispondevano e ne scaturiva una scialba conversazione.

Lui iniziava comportandosi come una vittima, scriveva: "se non ti va di parlarmi lascia stare", oppure "dai non importa, scusa il disturbo", ma in realtà stava provocando reazioni. E ci riusciva sempre. Ci riusciva scrivendo delle banalità tali che chiunque lo avrebbe ignorato, o bloccato, ma a lui non succedeva.

Bellezza, fascino e carisma erano le sue armi, e tutte cadevano nella rete.

Anche Cassandra.

2

– Non lasciarmi sotto casa, stanno arrivando i miei amici. Scendo qui.

Aprì la portiera e prima di scendere si voltò verso di lei. – Mi raccomando – disse portandosi l'indice sulle labbra serrate, con uno sguardo che non ammetteva repliche.

– Va bene – rispose Cassandra.

Le diede un rapido bacio sulla guancia e scese dall'auto allontanandosi.

Lei era su di giri. Chiamò subito Carlotta.

Era solo mezzanotte.

– Dobbiamo vederci – disse Cassandra.

– Ti ricordo che sto lavorando – rispose Carlotta seccata.

– Lo so ma è importante.

– Che è successo?

– È successo!

– No, non ci posso credere. Giura!

– Te lo giuro.

3

Mezz'ora dopo erano davanti casa di Cassandra.

– Entriamo un attimo – disse recuperando le calze che erano finite sul sedile posteriore.

– Raccontami tutto! – disse Carlotta.

Mentre si infilava le calze e si sistemava il trucco, le raccontò tutto.

Quella sera avevano iniziato a chattare, si erano scritti diversi messaggi pieni di sottintesi.

Lui la provocava proponendole di andare sotto casa sua, e poi le scriveva: "tanto non hai coraggio".

Nessuno poteva dire a Cassandra che non aveva coraggio.

– E ci sono andata. Lui è salito in macchina e dopo un mio timido saluto si è avvicinato a me.

– E poi? E poi?

– Pensavo stesse per baciarmi, avevo il cuore in gola, mi sono girata anch'io verso di lui e...

– E...?

– E invece non mi ha baciato. Mi ha messo una mano tra le cosce e ha detto: "È questo quello che vuoi?"

Carlotta sgranò gli occhi portandosi una mano alla bocca.

– Lì mi sono pietrificata, ho tolto la sua mano. Abbiamo parlato, o almeno io. Gli ho ricordato che è fidanzato e che non mi sembrava giusto. Lui ha risposto che sta con questa ragazza da poco, che non l'ha mai tradita, e che comunque se non volevo poteva scendere ma nel frattempo provava a toccarmi. Gli ho detto di scendere. Lui mi prendeva in giro, mi diceva che non sono capace di cogliere le occasioni. – Fece un sospiro.

– Continua – incalzò Carlotta.

– E poi, non so che mi è preso, l'ho fatto risalire. Siamo andati nel parcheggio sotto casa sua. Mentre guidavo mi ha messo una mano sotto la gonna. Poi ci siamo fermati, spogliati e l'abbiamo fatto.

– Com'è stato?

– Non come me l'aspettavo. Mi dominava, andava in fretta, io ero scomoda, avevo paura che qualcuno ci vedesse, non ero rilassata e mi ha fatto male.

– Uno schifo insomma.

– È stato brutto e brutale.

– Ma neanche un bacio? – chiese la sua amica.

– No – rispose lei abbassando lo sguardo. – Neanche un bacio.

Quella notte Cassandra faceva fatica ad addormentarsi, era stravolta dall'emozione. Non riusciva a credere a quanto era accaduto. L'uomo che le piaceva da tanto tempo, uno degli uomini più ambiti della città aveva scelto lei.

Diego era bello, alto, muscoloso, aveva un sorriso da mozzare il fiato, i ricci dorati e gli occhi azzurri gli davano un aspetto angelico.

Cassandra non avrebbe mai potuto immaginare di poter essere notata da uno come lui.

Alta nella media, aveva un fisico che decisamente non rientrava nei canoni di bellezza classica e tra i capelli scuri spuntavano fili argentei. Insomma, era una bruttina, una bruttina che poteva sembrare decente dopo due ore di preparazione davanti allo specchio.

Lui era stupendo anche appena sveglio; e fidanzato.

4

Il giorno dopo si incontrarono per caso.

Cassandra si sentiva in imbarazzo, lui invece era tranquillo. Come se nulla fosse accaduto.

– Che fai da sola? – le chiese.

– Aspetto un'amica. – Bugia; stava aspettando di vedere lui.

– Io vado a pranzo fuori, ci vediamo in giro – disse lui andandosene.

Nulla. Nessun accenno alla sera precedente.
"Beh" pensò lei, "d'altronde è un segreto."

I giorni passavano e Cassandra, nonostante le incombenze quotidiane, non riusciva a trattenersi. Pensava sempre a lui e parlava sempre di lui. Voleva vederlo e cercava in tutti i modi di incontrarlo. Dopo aver raggiunto il suo obiettivo si sentiva sicura di sé, addirittura si sentiva bella.

– Non ce la faccio più, adesso gli scrivo! – disse a Carlotta mentre prendevano un caffè.
– No, lascia perdere, se non ti scrive lui non farlo.
È vero, abbiamo fatto una gran cazzata l'altra sera, ma lo rifarei ancora, scrisse.
– Scema! – disse Carlotta
– Mi sta rispondendo.
Ti faccio sapere appena riesco a organizzarmi.
Il cuore le si riempì di speranza.

5

Dopo due settimane di latitanza, finalmente le scrisse e organizzarono l'appuntamento. A casa di lei. Cassandra aveva preparato tutto. Certo avrebbe preferito una cena, per fare due chiacchiere, perché in fondo si conoscevano a malapena, ma lui non poteva.
Aveva pulito tutta la casa, cambiato le lenzuola al letto, aveva fatto la doccia, lavato i capelli, si era truccata, aveva messo un intimo sexy e il suo profumo preferito.
Lui tardava.
Cassandra cominciava a essere nervosa, vagava in casa fumando una sigaretta dopo l'altra con il cellula-

re in mano. Quando ormai, stanca di aspettare, si era distesa sul divano, si rese conto che lui le aveva scritto: *Sto arrivando.*

Il cuore cominciò a batterle all'impazzata; bevve un sorso d'acqua, andò in bagno e mentre si sistemava il trucco suonò il campanello.

Raccontandolo a Carlotta le sembrava di vedere tutto dall'esterno, come in un film accelerato.

Lui entrò, la trascinò in camera, la buttò sul letto. Si spogliò, spogliò lei. E iniziò.

Lei disse: – Vai piano.

Lui rispose: – non ti piace così?

Lei rispose: – Sì, ma... – poi si zittì per non contrariarlo.

E andò avanti così, sempre brutto e brutale, per un misero quarto d'ora. Lui si rivestì.

Lei, con un tono ironico, disse: – Finito così?

Lui rispose: – Se vuoi il pacchetto completo con me non esiste. – E se ne andò via.

6

Chattarono di nuovo dopo qualche giorno, e tra una banalità e l'altra Cassandra glielo chiese: *stai con una ragazza giovane, bella, interessante. Perché cerchi me?*

Di tutte le risposte, quella non se l'aspettava proprio: *non mi va di parlare di queste cose.*

Cassandra non aveva altro da aggiungere, forse avrebbe dovuto insistere ma non voleva contrariarlo, non voleva perderlo.

Era completamente succube di quell'uomo.

– Ma perdere chi? Non lo hai mai avuto – urlò Carlotta. – Non capisci che ti sta solo usando?

– Qualcosa dovrà pur piacergli di me, altrimenti non avrebbe senso.

– Sì, da un lato è vero, ma lo conosci a malapena. Non abbastanza per capire come ragiona.

– Ma io lo voglio, voglio stare con lui, quando sto con lui mi sento un'altra, mi sento libera.

Questo tira e molla andò avanti per qualche mese.

Lei lo cercava, lui la evitava, lei si rassegnava, lui la richiamava, lei si faceva desiderare, poi cedeva e tornavano insieme. Fino alla rottura, che avvenne un sabato pomeriggio, quando lei lo trovò a pavoneggiarsi con un'altra, e non era la sua fidanzata. Senza alcun diritto, Cassandra gli fece una scenata di gelosia e lui la bloccò, sui social e nella vita.

7

Ormai erano mesi che non si parlavano. Cassandra stava bene, aveva aperto gli occhi, aveva scoperto che razza di essere fosse Diego. Una persona dall'anima nera.

Una mattina, leggendo il giornale si era imbattuta in un annuncio di matrimonio.

Lui e la sua giovane fidanzata stavano per sposarsi.

Non poteva permetterlo, non poteva dire la verità a Ginevra, la giovane ignara fidanzatina, bellissima e credulona. Avrebbe rischiato troppo.

Ma quella ragazzina non poteva vivere una vita di bugie e tradimenti.

A volte Cassandra pensava a come Ginevra potesse non accorgersi di quello che faceva il suo adorato fidanzato perfetto.

Di notte, di giorno, nei posti più disparati, con le persone più insospettabili.

Lo aveva scoperto per caso e finalmente aveva aperto gli occhi. Ora aveva la serenità di non aver perso nulla di importante, anzi di essersi salvata in tempo.

Lui intratteneva decine di relazioni sessuali clandestine con donne di tutti i tipi: single, sposate, separate, con figli, donne più giovani di lui o decisamente più vecchie, relazioni sessuali individuali e serate orgiastiche, e il tutto sempre annaffiato da alcolici e cocaina.

Cassandra non era stata l'unica. Non era vero che lui non aveva mai tradito Ginevra prima di lei. Alcune relazioni duravano da anni.

Quando aveva scoperto tutto, aveva provato solo un profondo senso di schifo e di tenerezza. Schifo per quell'uomo e tenerezza per se stessa.

Aveva voluto credere di essere importante.

Era solo una delle tante.

Ormai non le importava nulla di lui, si sentiva liberata da un'ossessione ma il suo senso di giustizia non le permetteva di ignorare il futuro di quella giovane donna che avrebbe sposato un mostro.

Un mostro dall'anima nera che le avrebbe rovinato la vita per sempre.

8

Un giorno lo incontrò al supermercato, prese coraggio e andò da lui, era solo.

– Ho saputo che ti sposi – gli disse. – Congratulazioni.

– Sì, sabato prossimo.

– Peccato – rispose lei. – Molte donne resteranno deluse.

– Che vuoi dire?

– Mi piacerebbe darti un ultimo saluto – disse lei guardandolo dritto negli occhi. Sapeva che lo avrebbe incuriosito.

– Perché no – rispose lui con un sorriso smagliante. «Che ne dici di vederci venerdì notte, a casa mia?

Lei sorrise. – Avrai un addio al celibato che non puoi neanche immaginare! – disse, e senza dargli possibilità di replica se ne andò.

9

Un gradino dopo l'altro, in punta di piedi, in silenzio, come ai vecchi tempi.

Entrò in casa, lui aveva lasciato la porta socchiusa. La aspettava già nudo.

Era molto caldo quella sera, la finestra era aperta.

Cassandra non si spogliò, gli tese la mano e disse: – Per una volta conduco io il gioco.

Lui era eccitatissimo e decise di assecondarla, non l'aveva mai vista così sicura di sé. Cassandra era sempre stata la sua schiavetta, la teneva in pugno e l'avrebbe tenuta in pugno anche dopo il matrimonio.

– Alzati – disse lei. – Siediti sul davanzale.

Iniziò a toccarlo e a baciarlo dove piaceva a lui, sforzandosi di trattenere l'odio e i conati.

Ogni tanto alzava la testa e diceva: – Ti piace vero?

E lui annuiva ansimando.

Sul più bello Cassandra si fermò, si alzò e lo fissò dritto negli occhi.

Lui aprì i suoi.

Il suo sguardo di terrore durò un attimo.

Il tempo di un volo in picchiata dal settimo piano.

Cosa pensò in quel breve lasso di tempo non lo saprà mai nessuno.

Lo trovarono a terra. All'alba. Nudo, in un lago di sangue e con la pancia coperta del suo stesso sperma.

10

L'aveva immaginata così.

Una morte esemplare.

Diego dall'anima nera avrebbe meritato questa fine.

Ma la parola fine l'avrebbe scritta qualcun altro.

Non Cassandra.

Lei aveva scoperto la vera natura di quell'uomo che sembrava perfetto. Ora l'amore, l'attrazione, la ripugnanza, la collera non le appartenevano più.

Ora non provava più nulla per lui.

Questa scoperta le aveva fatto aprire gli occhi. Aveva smesso di pensare a lui, di piangere per lui, di sperare in un futuro con lui.

Semmai ci fosse stata una giustizia, prima o poi, non l'avrebbe compiuta Cassandra. L'avrebbero distrutto i suoi vizi, una delle sue donne, un marito tradito o un creditore.

Non lei.

Le mani di Cassandra sarebbero rimaste immacolate. Perché non valeva la pena vivere il resto della vita in fuga o in prigione per aver compiuto un atto di vendetta, o di giustizia, come credeva lei.

Oramai era libera dall'ossessione.

Era venerdì.

E lei non avrebbe salito un gradino dopo l'altro, in punta di piedi, in silenzio come ai vecchi tempi.

Chiara Santarelli nasce a Fermo nel 1977. Amante degli animali fin da bambina, dopo la laurea in Scienze e tecniche psicologiche presso l'Università di Bologna si specializza nel settore del comportamento animale, studiando per diventare un'educatrice cinofila. Lavora come tale dal 2006 in provincia di Fermo e affianca alla sua professione la passione per la lettura e la scrittura. Scrive da autodidatta e questa è la sua prima pubblicazione.

Arianna

di Giuseppe Pirri

– Mi vuoi sposare?

Doveva aver sentito male, non c'era altra spiegazione. Gli occhi verdi di Arianna si sgranarono mentre fissava l'uomo che sedeva di fronte a lei, a tavola.

– Hai detto, scusa?

– Ti ho chiesto se mi vuoi sposare.

La pioggia ticchettava sulla finestra alla loro destra, un fulmine cadde vicino alla casa, come un segno divino.

Ma Arianna non ci badò. La sua attenzione era focalizzata su Leone Conti. Le parve pallido, nonostante l'abbronzatura.

Sbatté le palpebre, e gli cercò lo sguardo. Leone l'aveva chiamata, quella sera, dicendole che era nei guai ma non poteva parlare al telefono. Le era sembrato in preda al panico.

– Leone...

– Scusami – farfugliò. – Non me la sto cavando molto bene.

Non era una novità. Leone non era mai stato un tipo comunicativo. L'aveva conosciuto due mesi prima a un corso e l'attrazione tra loro era stata immediata, oltre che reciproca. Castano, alto quanto basta, prestante, sguardo da bel tenebroso, misterioso... ma non era soltanto questo. Arianna aveva letto qualcosa nei suoi occhi profondi e scuri: un lampo di fierezza che probabilmente celava passionalità, vigore e sprezzo del pericolo. Tutte cose che Leone si era sforzato di tenere nascoste, rivelando invece una dolcezza e una timidezza che la intenerivano.

Era anche un uomo terribilmente schivo, che non permetteva a nessuno di entrare in confidenza.

Ogni volta che le sembrava sul punto di abbassare la guardia, batteva in ritirata. Così se un tempo Arianna aveva sperato che tra loro potesse nascere qualcosa di importante, ora non si faceva illusioni, la loro era solo una bella amicizia ma niente di più. A volte Leone non si faceva vivo per settimane. Poi la chiamava... e Arianna si sentiva balzare il cuore in petto.

– No, scusa, fammi capire: mi stai chiedendo di diventare tua moglie?

Lui annuì. Arianna tornò a guardarlo come se fosse uscito di senno.

– Devo essere sposato entro domani sera e tu sei l'unica donna che vorrei come moglie.

Arianna si raddrizzò sulla sedia e, cercando di non dare a vedere l'imbarazzo, si sistemò una ciocca di capelli dietro l'orecchio.

– Non è esattamente una dichiarazione d'amore eterno...

– Non mi pare che tu ne voglia una.

Ah, no?, fu tentata di urlargli in faccia. E tu che ne sai?

– Ho pensato che fossi la persona più adatta a me.

Esterrefatta, Arianna stava cercando di rabberciare una risposta, quando una folata di vento si abbatté sulla casa, scuotendola fin dalle fondamenta. Si spensero le luci e la stanza piombò nel buio.

Leone imprecò. Girò intorno al tavolo e la fece alzare.

– Allontaniamoci dalla finestra, non si sa mai.

Ancora sconcertata, Arianna avrebbe voluto tirare via la mano e mettere quanta più distanza possibile tra lei e Leone; purtroppo, tutt'intorno era buio pesto e Leone era il suo unico punto di riferimento.

Lui la attirò verso l'interno della casa, aprì una porta e la guidò verso l'ingresso.

– Arianna, tu devi sposarmi – mormorò.

Una rabbia cieca la assalì, ma si impose di tenerla a freno. – Io non devo fare un bel niente.

– Ma io pensavo... che fossimo amici.

La voce tirata di lui le fece comprendere che Leone non aveva la più pallida idea di ferirla con quella proposta così indelicata.

– E ti sembra un motivo sufficiente per sposarsi? – sbottò.

Leone sospirò. – Direi di no. Scusami. Non riesco più a ragionare lucidamente. È che ho bisogno di te, Arianna...

– Tu non hai bisogno di nessuno – replicò stizzita, senza più controllarsi. Era arrivato il momento di esprimere quei pensieri che aveva sempre temuto di rivelargli, per paura di allontanarlo. – Tu non permetti a nessuno di avvicinarti, Leone. Per carità sei sempre molto garbato e affabile, e sei bravissimo a mettere tutti a proprio agio. Ma secondo me sei un uomo con molti segreti, cose che non vuoi far conoscere a nessuno. Perciò tieni sempre a distanze le persone, anche quelle alle quali vuoi bene.

– Non credevo di essere così trasparente.

– Forse per gli altri no. Ma io ti vedo così. – Non avendo nulla da perdere, Arianna continuò: – Forse non te la cavi bene a esprimere a parole ciò che pensi ma... insomma Leone non puoi chiedere a una donna di sposarti, così su due piedi.

– Hai ragione. Scusami; ma sono successe certe cose...

– Quali cose?

Leone trasse un respiro tremulo. – C'è in ballo il mio futuro.

Arianna tornò a fissarlo, cercando di capire la sua espressione.

– Parlo di mio figlio, sono diventato papà. Davvero, Arianna se non mi aiuti, non so cos'altro... – Le strinse le mani, con disperazione. – Ti supplico, aiutami a salvare il nostro amore.

Un turbinio di emozioni la travolse al pensiero che Leone l'amasse. Però aveva avuto una storia importante con un'altra donna, se aveva concepito un figlio con lei.

Anche lei era stata abbandonata dal padre, un tempo ormai lontano. La sua mamma era stata l'unica ancora di salvezza.

– Va bene. Puoi contare sul mio aiuto – decise.

– Grazie al cielo... – mormorò lui, risollevato.

– Però devi raccontarmi cosa sta succedendo – lo avvisò, visto che Leone non accennava a fornirle altre spiegazioni.

– Io... non saprei da dove cominciare.

– Dalla madre di tuo figlio, magari. Era tua moglie? Siete divorziati?

"L'amavi?" Questo no, era troppo vigliacca per chiederglielo.

– L' ho abbandonata.

– Per quale motivo?

– Era incinta e io ho avuto paura.

Il rimorso con cui si esprimeva parlava da solo: Leone aveva amato la donna che gli aveva dato un figlio. E Arianna si sentì crollare il mondo addosso: lo aveva creduto incapace di nutrire un sentimento sincero per qualcuno. Invece ora scopriva che aveva amato un'altra donna.

– Perché non l'hai sposata?

– È proprio questo il punto.

– Cioè?

Leone si interruppe per trarre un lungo respiro. – Io amavo Cloè, ero molto giovane e immaturo. Avevo dato la mia parola... pensavo di farcela.

Arianna chiuse gli occhi, frustrata, e li riaprì. Attese ancora che lui si risolvesse a continuare. Ma di fronte al suo persistente silenzio, decise che almeno uno dei due dovesse sforzarsi di essere sincero fino in fondo.

– Sai una cosa, Leone? Mi sento come se mi avessi preso a calci nello stomaco. Sarà meglio che me ne vada, finché sono ancora in tempo.

– No, per favore...

– Allora spiegami per bene cosa è successo. Non ti sarò di nessuno aiuto se non mi dici tutto quello che sai.

– Ci sono cose che non posso spiegarti...

– Maledizione, Leone, non stiamo giocando qui, lo capisci?

Lo aveva preso per le spalle e cercava di scuoterlo.

– Arianna, ti supplico... – Leone sembrava un uomo in trappola che chiedeva aiuto. E sembrava sul punto di crollare.

– Hai fatto qualcosa di illegale? – gli chiese.

– SÌ.

Arianna deglutì a fatica, cercando di digerire quell'amaro boccone. Nel giro di pochi minuti, Leone era riuscito a trasformare l'immagine che si era fatta di lui. L'unica cosa che restava era quella luce pericolosa che gli brillava negli occhi.

– Ma non sono un mostro – ci tenne a puntualizzare. – Non è come stai pensando.

Arianna non sapeva cosa pensare, per la verità. Sapeva di volere delle risposte ma l'uomo che aveva di fronte forse non era in grado di reggere un interrogatorio.

Miracolosamente, qualcosa sembro sciogliersi in Leone, che le posò una guancia sulla fronte, in un cenno di resa. – Ti sto chiedendo troppo, lo so. Sarebbe troppo per chiunque.

– Non per me. – Arianna chiuse gli occhi e lo abbracciò. Lo sentì tremare e comprese di avere a che fare con un uomo tormentato dai suoi segreti.

Aveva sempre creduto che Leone non volesse confidarsi con lei; ora intuiva che si era portato dentro un fardello terribile, che nessun uomo avrebbe dovuto sopportare da solo.

Il temporale, fuori, sembrava essersi placato.

Nell'ingresso, immerso nel buio, regnava un silenzio assoluto.

– Si risolverà tutto, vedrai – lo incoraggiò, ottimista.

– Tu fai sempre tutto così semplice.

Arianna gli posò il capo su una spalla, simulando una calma che era ben lungi dal provare.

– Come hai saputo che era un bambino? – chiese.

– Me lo ha scritto in una lettera l'avvocato. Si chiama Davide – aggiunse, intenerito.

– Un bel nome.

– Sì, è tratto dalla Bibbia.

– Cosa diceva la lettera? Oltre al nome del bimbo.

– Dovevo provvedere alle spese sostenute per le visite e il corredo, oltre al fatto che avrei dovuto riconoscere il bambino. Non diceva niente di più...

Qualunque cosa stesse per dire, fu interrotto da un tuono fragoroso e da un fulmine così violento che tutta la casa tremò. Seguì un rumore di vetri infranti.

Arianna sussultò, spaventata. – Cos'è stato?

– Non lo so. Andiamo a vedere.

Senza lasciarle la mano, la ricondusse in camera da pranzo, orientandosi agilmente nel buio.

Da parte sua, Arianna non vedeva niente ma avvertiva una sensazione poco piacevole, quasi di pericolo. Il pavimento era bagnato e sarebbe scivolata se non si fosse aggrappata a Leone, che le serrava la mano con fermezza. A un certo punto, fu assalita da una folata di vento che portò con sé una miriade di minuscole goccioline di pioggia.

Si girò istintivamente verso le ampie finestre, un lampo di luce squarciò il cielo e in quel momento vide un enorme foro nel vetro.

– Fammi controllare – disse Leone, lasciandole la mano.

– Attento. Ci sono vetri dappertutto: potresti tagliarti – lo avvisò.

Lo vide avvicinarsi alla finestra e chinarsi a tastare il pavimento, come se si aspettasse di trovare qualcos'altro oltre all'acqua e ai vetri.

– Senza luce, non riesco a vedere niente. Tu non ti muovere di qui. Torno subito.

Di lì a pochi secondi, lo vide ritornare con una torcia in mano, tranquillo.

Poi, tutto successe talmente in fretta che non ebbe nemmeno il tempo di spaventarsi. Vide una figura umana che si materializzava, nella penombra, e avanzava velocemente contro Leone, prendendo consistenza.

Non era un fantasma ma un uomo tarchiato e muscoloso. Non riusciva a vederlo in faccia. Più tardi Arianna si chiese chi le avesse impedito di urlare, per avvisare Leone. Forse la paura folle gioca brutti scherzi.

L'uomo cerco di aggredirlo ma Leone dovette avvertire la sua presenza e si voltò verso di lui.

Lo sconosciuto si arrestò mentre veniva illuminato in pieno: la sua espressione era un misto di rabbia e risentimento.

Fu Leone a parlare per primo: – Fabrizio Morellato... che sei venuto a fare qui?

Quelle parole rimasero sospese tra i due uomini, come un guanto di sfida gettato per terra da un duellante.

– Non mi aspettavi, vero? – ribatté l'intruso, in tono arrogante.

– Perché sei venuto proprio adesso? Hai sempre saputo dove trovarmi.

– Cloè si è sposata – dichiarò l'uomo. – Non lo sapevi? O non te ne importa?

– Non lo sapevo.

Fabrizio ignorò la risposta. – L'hai messa incinta.

Leone tacque, impassibile.

– Vorresti negare di aver sedotto mia sorella?

– Non è andata esattamente così. Noi...

L'altro uomo lo interruppe, brusco: – Aspettava un figlio da te e l'hai abbandonata a se stessa. O vorresti negare anche questo?

– Io non sapevo cosa fare, ero senza lavoro e senza soldi, ho avuto paura.

– Avevi fretta di andare a fare il turista! Non potevi rimediare ai tuoi errori?

Leone serrò i pugni. – Non si trattava di un viaggio di piacere. Io... non avevo scelta e tu lo sai, tuo padre mi ha costretto.

L'altro uomo scosse il capo, adagio. – Non me le bevo più le tue bugie, Leone. Comincia a pregare, perché sono venuto a darti una bella lezione.

– Non voglio battermi con te, tu sei una persona intelligente. Comprendi che ho amato tua sorella.

L'uomo si intenerì, i suoi occhi lucidi e profondi lasciavano trapelare un animo nobile e buono.

– Su questo hai ragione, sono intelligente. Non vale la pena di sporcarsi le mani con te.

Arianna uscì allo scoperto. – Buona sera!

L'intruso si voltò di scatto, in posizione di difesa.

– Tu chi saresti?

Leone orgoglioso e innamorato disse: – È mia moglie.

L'uomo tornò serio, sul viso aveva un'espressione di sconfitta.

–Ti sei sposato in fretta, senza stare a pensare a mia sorella e al bambino.

– Sai benissimo che non è così, ho amato tua sorella ma la vita ci mette davanti altre strade. Io ho intrapreso questa fantastica strada con Arianna e non intendo interrompere adesso il mio cammino.

Arianna voleva diventare invisibile. Il suo viso era infuocato. Il vantaggio era che la stanza per fortuna era buia.

– Questa ha l'aria di una dichiarazione d'amore, Leone. Il mio cuore scalpita d'amore per te.

– Mi è venuto il diabete a furia di sentire queste vostre parole sdolcinate. A questo punto la mia presenza qui è di troppo, tolgo il disturbo.

Leone si avvicinò all'uomo per tendergli la mano, in segno di pace.

Fabrizio si rivolse a Leone con tono rassegnato:

– Devi promettermi che non proverai a cercare tuo figlio.

Leone con aria di sfida prese la mano di Arianna e con tono deciso rispose: – Io non devo promettere niente a nessuno!

Fabrizio si indurì all'istante. – Cloè non ti ha fatto niente! Lasciala vivere felice.

– Non posso che essere d'accordo con te, merita di essere felice.

Fabrizio salutò e sparì nel buio.

Arianna si chinò sul tavolo, per aiutarlo. Leone le posò una mano dietro l'orecchio.

– Sei felice?

– C'è bisogno di chiederlo? Sai che lo sono.

– È che mi piace sentirtelo dire.

– Non sono mai stata così felice in vita mia – mormorò.

– Anch'io, Ari. Non avevo idea di come sarebbe cambiata la mia vita. In meglio, si intende – precisò e ammiccò.

Giuseppe Pirri è nato a Milazzo nel 1986. Ha trascorso un'infanzia felice, meno felice fu l'adolescenza invece a causa di un piccolo problema di salute che ha superato con coraggio. Adesso è sposato e padre di due bambini. Ama tantissimo scrivere, quando scrive la sua mente viaggia e il suo cuore sogna. La vita senza fantasia è come una scatola vuota.

Coltiva anche la passione per la cucina, uno dei piaceri della vita.

Rispetta e adora la natura.

Ha pubblicato il libro di poesie *Il mio cuore sussurra al tuo* e ha partecipato a diversi concorsi letterari ottenendo buoni risultati.

Vive in Sicilia e precisamente in provincia di Messina, terra che adora.

Ha lavorato nella ristorazione e nel sociale, quando può aiuta chi ha bisogno, sognando un mondo migliore.

L'ultimo uomo della mia vita

di Luigia Bencivenga

«Dell'andare non mi saziava mai,
ma immediatamente mi addolorava lo stare»

Praga, 2001.
Al pub, due donne sulla trentina dall'eloquio incalzante, burro, aringhe, due calici di vino.

– Raccontami tutto!

– Coccole, baci appassionati e una carezza sulle natiche.

– Dovresti lasciar perdere, non abbiamo l'età per perder tempo con gente irrisolta.

– Darti torto è difficile. Eppure, vorrei fosse l'ultimo uomo della mia vita.

Sicilia Sud Orientale, 1990.
Un appartamento spoglio al n°4 di Vicolo Belledonne, una dozzina di candele sparse, odori di pesce e Krisnah, incenso che – lo promette la scritta in grassetto sulla confezione – provoca incantamento dei sensi e/o liberazione delle energie vitali.

Il giovane Carmelo Diagonale, detto Larry, prepara una cena per la futura moglie. Trenette allo scoglio, orata all'acqua pazza, insalata di mare e un bianco isolano.

Amalia, ostetrica sostituta alla Clinica Nakì, discreto stipendio e forti possibilità di carriera, è appena arrivata. Tutto è piccolo in lei. I minimi seni, le ossicine sporgenti e la bocca bambina ne fanno una donna in miniatura capace di suscitare un senso di ondivago turbamento, solo a pensarla.

Larry ne è certo. Amalia è la terza e ultima donna della sua vita.

Nella migliore tradizione, ha acquistato un anello economico da mostrare al termine di un discorso sulla condivisione di beni morali e materiali. Larry pensa al futuro. Per vivere fa i conti per un caseificio di Noto e arrotonda il fine settimana suonando il sassofono ai matrimoni. Tra *Romagna mia* e *Io cerco la morosa*, ha tutto il tempo di trafugare vino, ostriche e qualche orata di mare, da conservare nel cuki gelo.

Amalia, reduce da un turno massacrante, avrebbe voluto posticipare a domani.

Larry non ne ha voluto sapere. L'anno scorso, in questo preciso giorno, l'hanno fatto per la prima volta in un canneto umido e spigoloso, sotto stelle deboli e nuvole d'acciaio, vecchie canzoni americane sussurrate all'orecchio, Dio per testimone. L'anno scorso, il tempo s'è fermato o impazzito, alla ricerca di una direzione mai giusta.

La cena è pronta, la tavola imbandita. Sbadigli di fine turno.

S'accumulano briciole di pane sotto dita nervose. Il vecchio Pioneer suona lenti strappalacrime. Sazio di cibo, gonfio di vino, Larry mostra l'anello e le chiede, avvinghiandosi a formule apprese da vecchi film, di sposarlo. Amalia accetta senza esitare, si lascia spogliare e, tacendo una certa stanchezza, cavalca furente il futuro sposo.

Lei sopra, lui sotto, senza fretta, fino a quando la terra sembra crollare.

Praga, 2001. Due donne al pub, al terzo bianco.

– Amica mia, credo che il tuo uomo abbia un'altra.

– Al Joseph K., a fine spettacolo, le donne cercano di avvicinarlo, lasciano biglietti profumati o slip umidicci. Larry, ne sono testimone, non se ne cura.

Sicilia sud Orientale, 1990. Le macerie della palazzina di Vicolo Belledonne custodiscono sedici morti. Un solo superstite.

Carmelo Diagonale, tre costole spezzate e un lieve trauma cranico, è vivo dopo diciassette ore di buio, silenzio e lezzo di un cadavere sul petto. La futura sposa, in posizione cavallina, è deceduta all'istante. La follia di Larry è alle porte.

Praga, 2001. Due donne alticce al pub, al sesto bianco.

– Milka, perdona la franchezza, ma è bene che tu sappia la natura degli uomini italiani. Fidati, ne ho incontrato almeno due dozzine, tutti ottimi amanti quanto pessimi procrastinatori.

– Io ne ho incontrato uno solo che per trovare il coraggio di baciarmi con la lingua c'ha impiegato tredici mesi. Sono disperata!

– Come non esserlo, amica mia.

In giro per il mondo, in compagnia di uno strumento d'ottone, Larry il sopravvissuto vaga senza destinazione, dorme nei letti arrangiati, evita i tetti di mattoni che il Dio dei disastri farà cascare. Non è più il tempo del liscio. La solitudine esige il jazz.

Lungo le vie lastricate di una vecchia città, l'uomo avverte la soffice inquietudine che altri chiamano rassegnazione. Decide in fretta. Praga sarà la patria ultima della sua solitudine. Per fortuna, dopo la tipica polmonite dei clochard e un principio di congelamento, Larry lascia la strada per vivere sulla riva destra della Moldava, a bordo di un barcone celeste dal tetto di plastica.

La musica è la preghiera di chi può ricominciare. Al Joseph K., il bar dove un tempo si esibì Coltrane, Larry è una star, gli uomini ammirano la sua arte, le donne desiderano il suo corpo. Non se ne cura. Dal giorno del terremoto, Larry stabilisce una bizzarra analogia tra l'amore e le catastrofi naturali. In presenza di una donna, reale o sognata, il pavimento traballa, la vista si oscura, non c'è musica che tenga al silenzio, la stanza puzza di cadaveri in disfacimento. Che sia tutto frutto della sua immaginazione, Larry ne è cosciente. Eppure, l'angoscia è così reale da spingerlo al vomito o al semisoffocamento.

Al pronto soccorso psichiatrico di Palackého náměstí, dove si reca per sedare le violente crisi, Larry incontra la tirocinante Ludmilka, detta Milka. Grazie a un potente ansiolitico da lei consigliato, l'uomo comincia a valutare l'ipotesi di frequentare quella donna mansueta, attraente e poco ingombrante, disponibile a una relazione poco invasiva.

Praga, 2001. Una cucina gustosa, pesce di fiume e vino italiano, Milka in abito nero, scollatura evidente, non volgare, gambe ben depilate e biancheria intima di pizzo nero.

L'uomo è in lieve ritardo. Ha girato tutta Praga alla ricerca di una farmacista che gli passasse – senza ricetta – un broncodilatatore da aerosol e un potente betabloccante. Niente di fatto. I farmacisti praghesi sono onesti come il prezzo di una birra nei pub di periferia.

I complimenti si sprecano per la cena, il vino e l'aspetto radioso della padrona di casa.

Larry finge pure di apprezzare la musica, un miscuglio di canzoni romagnole, da *Tutto pepe* a *T'aspetto a Cesenatico*. Milka confessa di preferire le mazurke romagnole al jazz.

Dopo l'insalata, il dolce, il caffè e l'amaro calabrese, l'uomo bacia la donna e ne svela il corpo di burro, profumato a oltranza. Sebbene eccitato quanto basti, Larry si ferma, osserva il soffitto e i dieci pastorelli di bisquit sulla credenza, poi sgrana gli occhi.

Una scena che Milka ha già visto. Affanno. Tremori. Pesi nel cuore. Asfissia. Iperventilazione. Sbandamento. Instabilità. Il cuore a mille. Picchi di nausea. Vampate di sudore. Mani e piedi di gesso. Puzza invadente di cadavere.

– Aiuto!

– Cosa succede stavolta?

– Paura e decine di buchi nel pavimento. Li vedo, sono reali.

– E di che cosa avresti paura? Di una donna che ti vuole avidamente scopare?

Risate epifaniche.

Serietà semierotica.

Tintinnio di calici.

Silenzi precoitali.

– Milka, amor mio, se è tua intenzione sposarmi e mettere al mondo un paio di figli, dovrai accettare alcune condizioni.

– ...

– In primis, non ti sarà possibile ascoltare musica del genere. È violenza gratuita, un'eresia.

– ...

– In secondo luogo, che non ti venga in mente di vivere tra mura di cemento e tetto in mattoni, al massimo posso dormire in un barcone dal tetto in plexiglass fumé.

– ...

– In quanto al sesso, ritengo le posizioni alternative potenzialmente mortali. Dunque, per scongiurare probabili incidenti, io sto sopra e tu sotto!

– Sì, sì, sì.

Praga, 2002, è tempo di attese.

Larry è al Joseph K. a guadagnarsi il pane. Certe sere finge di essere Coltrane, altre un Dio suonante. Oggi sogna il bambino che verrà, lo si chiami Secondo o Lester, che ami la mazurka o le session infinite, poco importa.

Sua moglie Milka dorme sonni inquieti sul barcone la cui vernice celeste cade a pezzi. Incubi. Piorrea fulminante. Presagi. Mostri in utero. Ballerini di liscio tra le cosce. Nani da giardino suonano Coltrane in sala parto. Un'ostetrica alle prime armi non sa dove mettere le mani. Travaglio senza fine.

Ore 00:00. A un mese dal termine di una difficile gravidanza, a Milka si rompono le acque, proprio mentre la Moldava inonda tragicamente Praga.

Luigia Bencivenga nasce a Napoli nel 1977 ma lavora a Bologna dove sperimenta il *neapolitan musical reading* accompagnata da loop station e alcuni musicisti della nuova generazione bolognese. Ha vinto *Martelive* Emilia Romagna e si è classificata terza alle selezioni nazionali. Ha pubblicato racconti su numerose antologie – tra cui una recente raccolta di Marcos y Marcos – e riviste letterarie: *La luna di traverso, Leggere donna, Aeolo, Teflon, Prospektiva.*

Oltre alle menzioni di merito e alle segnalazioni, ha vinto premi importanti, tra i quali si ricordano: "Born to write", Premio Gruppo di Lettura San Vitale, Premio Castelfiorentino, Premio Anselmo Spiga. È autrice di alcuni corti teatrali, uno dei quali è stato selezionato per il Festival Uno di Firenze. È giornalista pubblicista, canta solo canzoni napoletane e, nel tempo libero, scrive su Wikipedia alla sezione biografie criminali.

Il bacio sulla bocca

di Paola Santacroce

Sono siciliana da una settimana appena e stamattina voglio prendere una decisione, una strada o magari un aereo, ma alla fine scelgo di salire sopra un autobus.

La costa orientale racconta il sole che sorge, in un conforto che si snoda morbido davanti ai miei occhi incollati al finestrino.

Scendo al capolinea, chiedo la strada per il centro che dicono sia avanti, sempre dritto. E così, senza curve e senza seccature, cammino a testa alta in cerca di risposte. È dicembre ma qui nessuno sembra attendere il Natale, nemmeno io, che sfilo il maglione e lo poso disordinato sulle spalle.

Ti sto pensando forte, ripasso tutte le parole che mi hai detto, che mi hai scritto o forse che ho solo immaginato e intanto continuo a camminare sognando di incontrarti.

Ma questa è la Sicilia, aspra e arresa come me. Uno scoglio superbo a cui il mare si aggrappa e dove mi ritrovo dentro all'improvviso. Un posto dove gli occhi soli non possono bastare, perché quest'isola invade tutti i sensi. Ma questa è Ortigia tutta bianca, dove tra i vicoli intrecciati scorrono fluide tante lingue, dove occhi e umanità li trovi affacciati insieme alle finestre ma mentre respiro il cielo azzurro siciliano non so nemmeno se voglio più incontrarti.

Scivolo piano verso il mare, mi tuffo dentro le fontane, mi sento dissetante come una granita e pungente come un fico d'India. Il mio naso fiuta odore buono che sembra perfino familiare, le gambe arrugginite scattano veloci mentre le mani frugano dentro fessure appena nate. Arrivo sudata e senza fiato nello spazio più magico del mondo, un luogo che sembra il paradiso dove il bianco della pietra taglia il cielo senza nubi.

Giro su me stessa, vedo un tempio greco che si fonde con una cattedrale, il passaggio dei Normanni e il trionfo del barocco, tutto nella stessa piazza, unica e meravigliosa. Mi emoziono, respiro forte e sento aria di rivoluzione.

Adesso riconosco le tue tracce, solcano incerte una recente cicatrice nascosta sotto l'abito che vuoi vedermi addosso. Sembri un angelo che si avvicina sorridente, finalmente mi chiedi di seguirti e la felicità inattesa mi apre il ventre, mi squarcia i pugni e, masticando una lingua che solo io conosco, mi dici che mi hai scelto.

È qui che voglio vivere, affacciata a una finestra aperta sopra il mare, a salutare prima il sole e poi la luna e a guardare serena tutte le stagioni. È qui che voglio vivere, tra muri bianchi e pavimenti variopinti, cullata dal vento di scirocco. Ma mentre affondo nei pensieri seducenti, so già che devo ripartire.

Lascio il sogno intatto alle mie spalle, dove so che lo ritroverò per sempre. In questa terra magica fatta di contraddizioni, decido di voltarmi. Ti guardo forte e ti bacio sulla bocca.

Paola Santacroce nasce a Jesi. Ispettore della Polizia di Stato, ha conseguito nel 2007 la laurea in Comunicazione Internazionale presso l'Università per Stranieri di Perugia.

Nel 2013 inizia a scrivere racconti brevi. Finalista in diversi concorsi letterari, pubblica con Historica, Giovane Holden, Kimerik, Montegrappa, "Caravaggio".

I suoi racconti, totalmente emozionali, sono tuffi interiori, indipendenti e senza regole

Domani

di Luigi Foglia

– Allora mamma siamo d'accordo? Passi?

– Sì. Arrivo.

– La donna sarà lì a breve. Le ho spiegato quello che dovrà fare.

– Va bene.

– Mamma?

– Sì.

– Che cosa c'è?

– Ecco…

– Mamma, ricordi? Domani: diceva sempre così papà, domani andrà meglio.

Mise giù la cornetta e si girò a osservare il marito dall'altra parte della stanza. Se ne stava seduto su quella poltrona da ore, da giorni non le parlava. Si avvicinò a lui: sembrava più anziano del giorno precedente; è così che si diventa quando il corpo si arrende alla malattia, pensò. Lo guardò negli occhi incrociando il suo sguardo perso, domandandosi quali ricordi stesse rivivendo, se davvero stava vivendo.

Andò in cucina e aprì lo sportello della credenza che cigolò, le tornò alla mente il ricordo di lui che ripeteva lo stesso gesto più volte al giorno negli ultimi anni. Tirò fuori due bottiglie di whisky ancora sigillate e le portò in sala, appoggiandole sul tavolo, il medesimo usato quando ancora ricevevano ospiti. Le sistemò al centro e tornò in cucina, prese un'altra bottiglia ormai vuota e ne versò il contenuto in un bicchiere: un dito appena calcolò, quella era la sua dose. Chiuse l'anta e andò a sedersi di fronte al marito. Prese la busta che aveva lasciato suo figlio il giorno precedente quando si era fermato per una breve visita al padre. Una lettera dell'avvocato, le disse, spiegandole che l'aveva ricevuta dopo che il medico aveva emesso la sentenza riguardo lo stato di salute del padre.

Lei fu la prima ad avere la notizia dal dottore, era presente ma ignorava che il marito avesse volontà diverse da quella di bere. Lesse il contenuto, era scritta al computer da qualcuno che, senza il minimo interesse, eseguiva un ordine. Un testamento. Suo marito non sapeva scrivere con quegli aggeggi, però aveva una bella calligrafia, le era sempre piaciuta. Ricordava le lettere d'amore che scriveva quando fu mandato al fronte, per poi tornare con la voglia di tener fede alle sue parole, sposandola. Durante i primi mesi furono felici, tutto aveva un sapore di vita nuova e la loro casa lo dimostrava. La curavano insieme, la pensarono così com'era diventata dopo che venne costruita: comoda e accogliente, con tre stanze da letto, una per ogni figlio che avrebbero avuto; una grande sala, la cucina attigua, e due bagni. Poi arrivò il loro primogenito e, successivamente, la perdita del secondo un anno dopo. In quel periodo tutto era cambiato: ogni sera lui tornava a casa ubriaco, odiando quelle mura. Odiando anche lei, a volte, che le abitava. Dopo di che smise di uscire, dovevano risparmiare. Così beveva a casa, costava meno le diceva. A volte nei suoi momenti giusti le dava una carezza e lei si sentiva consolata. Subito dopo diventava uno schiaffo, e di nuovo un abbraccio, mentre le ripeteva che domani sarebbe andata meglio. Domani.

Chiuse la busta e la ripose di fianco alle bottiglie, poi andò in cucina a prendere uno straccio. Tornò sui suoi passi e iniziò a pulire accuratamente l'esterno dei due recipienti aprendoli uno alla volta, scagliando i tappi sul pavimento. Non le importava più del disordine. Non voleva farlo, non doveva. Prese il bicchiere del quale aveva sporcato appena il fondo e buttò giù tutto d'un fiato. Il sapore forte di quel liquido marrone la svegliò in malo modo, riportandola a una realtà che non accettava. Fece una smorfia di disgusto, agitando la testa come un cane abbandonato sotto la pioggia. Si asciugò le labbra e tornò di là per lavare il bicchiere. Lo sistemò sopra lo scolapiatti e ne prese uno pulito. Ritornò in sala e lo appoggiò di fianco alle due bottiglie. Le osservò ancora una volta, e disse: – È davvero questo quello che vuoi?

Nessuna risposta.

Guardò l'orologio appeso al muro, le lancette si muovevano scandite da un ritmo frenetico, così pareva, al contrario dei giorni passati. Spesso, lo tirava giù per verificare che le batterie funzionassero ancora, ignorando il ticchettio che in realtà non si era mai fermato. Adesso il tempo stava andandosene veloce, troppo veloce: lei stava arrivando. Sfiorò con lo sguardo le due bottiglie posandolo poi sulle medicine. Prese il cucchiaio che teneva di fianco a un flacone di sciroppo o un qualcosa

di simile e lo riempì fino all'orlo. Si avvicinò a lui e con delicatezza glielo porse, dicendogli in tono amorevole:
– Da bravo tesoro, su. Ti farà bene.

In quel momento suonò il campanello. Tornò a fissare l'orologio: troppo veloce, pensò, troppo. Andò ad aprire camminando lentamente, si fermò davanti al guardaroba posto all'ingresso dove teneva appeso il soprabito e il suo capello celeste a tesa larga ricamato da lei durante i giorni in cui l'orologio sembrava muto. Aprì la porta, la vista di quel ghigno sorridente la colpì con lo stesso effetto di uno degli schiaffi del marito. Non ricambiò.

– Buona sera, signora. Sono in anticipo, mi scusi.

– Buona sera – rispose abbassando lo sguardo. – Si accomodi.

L'accompagnò in sala mostrandole dove appoggiare le sue cose. Faceva caldo quella sera e la donna non si era portata alcuna giacca, notò, ma un cappello simile al suo sì, solo più sciatto.

– Quello è mio marito – disse indicandolo.

Ma lui non si mosse. La fece accomodare e le offrì da bere, acqua naturale, doveva essere lucida per quel lavoro.

– Mio figlio ha già sistemato tutto? – domandò giungendo le mani come se stesse pregando, mentre la fissava.

– Certamente – rispose, portandosi il bicchiere alle labbra. – Mi ha spiegato il lavoro – aggiunse.

– Io starò via tutta la notte. Baderò a mio nipote mentre mio figlio e la sua consorte copriranno il turno in fabbrica. Prima non era necessario, mio marito è sempre stato autosufficiente e mio figlio non si è mai fidato di una babysitter. Ma le cose sono cambiate, come può constatare.

– Ovvio – affermò, usando un tono del tutto privo di interesse. – Conosco la storia, ho già preso accordi con suo figlio. Non abbia timori, sono una professionista, io! – esclamò appoggiando il bicchiere con un gesto veloce e preciso.

– Bene. Le bottiglie sono pulite. Due dovrebbero bastare. Lui non superava mai la dose di una al giorno, conosceva il limite. Lasciava sempre un dito sul fondo. – Fece una pausa, spostando lo sguardo sull'uomo che era diventato parte dell'arredamento. – Tornerò domani, appena mio figlio sarà rientrato – le disse alzandosi.

– Non si preoccupi, signora. Sono una professionista – ribadì.

Andò verso il marito e gli accarezzò il viso, figurandosi quello del giovane che aveva sposato. Trattenne una lacrima per sé e lo baciò sulla fronte prima di lasciare la stanza. Indossò il soprabito a dispetto del tempo, le piaceva farlo, e il suo cappello a tesa larga. Non usciva mai senza, le dava un senso di libertà ogni volta che poteva lasciare quella casa.

Prima di chiudersi la porta alle spalle salutò cordialmente la donna, la quale rispose: – A domani, signora. Domani andrà meglio.

– Allora mamma, come ti è sembrata? – chiese il figlio trovandogli un posto fra il caos che regnava in cucina, che era anche la loro sala.

– Una brava donna – rispose lei con voce anonima, concentrandosi sul gioco che il nipote aveva iniziato nel box dentro al quale si trovava. Guardò la rete che lo proteggeva dall'esterno pensando che in carcere la geometria delle sbarre era diversa. Ma non sapeva il perché.

– Ho faticato a trovarla. Ma non avevamo scelta. Sai che non possiamo permetterci di perdere il lavoro.

– Lo so.

Lui la guardò negli occhi, mentre lei deviava il suo sguardo seguendo le gesta eroiche del nipote che, nella sua immaginazione, stava sconfiggendo chissà quale mostro. Oppure, semplicemente giocando.

– Mamma, noi andiamo. Non ti devi preoccupare, ho già pensato a tutto io. Domani tornerai a casa e, come diceva sempre papà: domani andrà meglio.

– Certo.

– Mamma, ricordi cosa ti faceva? – domandò avvicinandosi a lei e parlando a voce bessa. – Te lo ricordi? – ripeté prendendole delicatamente il braccio, scoprendolo appena per mostrare le bruciature delle sigarette che le avevano lasciato segni indelebili come tatuaggi che non si vogliono più guardare.

– Erano altri tempi.

– Già, e questo era quello che voleva. Ha chiesto lui di andarsene così, c'è un testamento, lo hai letto. Non è così?

– Sì. Ma forse...

– Ha sempre deciso tutto lui, per entrambi. E per se stesso. E allora, che decida fino alla fine! – la interruppe alzando il tono di voce. Poi tornò calmo e le diede un bacio sulla guancia. La fissò negli occhi per un istante, prima che lo sguardo di lei tornasse a perdersi. Chiamò la moglie nell'altra stanza: – Andiamo amore, o faremo tardi!

Lei li osservò uscire dall'appartamento, un buco troppo piccolo per una famiglia che cresceva come la loro, pensò. Sua nuora era incinta del secondogenito, un altro dono di Dio che a lei era stato negato.

– A domani – disse a voce bassa, come se parlasse a se stessa.

– A domani mamma. Grazie di tutto – rispose lui, chiudendosi la porta alle spalle.

La notte era trascorsa lunga come una vita.

Aprendo la porta di casa si trovò immersa da un silenzio surreale: niente grida, nessun rumore di cocci calpestati sotto il peso dei suoi passi mentre raggiungeva la sala. Solo quella donna che russava stesa sul divano e l'odore di alcol e morte che invadeva i suoi sensi.

Guardò la stanza: non era più la stessa che per anni aveva curato e rassettato ogni giorno, che ora le appariva come un campo di battaglia dopo l'imboscata del nemico, con una sola vittima stesa al suolo. Si accasciò di fianco al corpo del marito e iniziò a piangere, liberandosi dalle lacrime trattenute per un'intera esistenza.

– Almeno adesso potrò spendere i soldi per nostro figlio. Almeno adesso anche lui avrà una casa. Sei felice ora? Rispondimi: sei felice? – sussurrò all'orecchio del cadavere.

– Signora, scusi, mi sono appisolata – disse la donna raggiungendola, mentre camuffava uno sbadiglio.

Lei non rispose.

– Non si preoccupi, è andato tutto secondo i piani. Non credo abbia sofferto. In fondo, è morto nel modo in cui gli era più congeniale. Sa, tutti in paese conoscevano la sua passione.

Si alzò e la guardò fisso negli occhi, dapprima irritata, poi rassegnata.

– Ora Signora, se non le spiace, toglierei il disturbo. Ho già cancellato ogni traccia, sembrerà sia stato lui a fare tutto. Come le ho detto, tutti sapevano chi era.

– Può andare – rispose lei, tornando a guardare ciò che restava di metà della sua vita stesa al suolo.

– Come, scusi?

– Vada! – urlò subito dopo. – Se ne vada, maledetta! E faccia in modo che io non riveda mai più la sua faccia!

– I soldi – disse la donna portandosi le mani sui fianchi e avvicinandosi a lei con aria di sfida. – Voglio i miei soldi!

– Ci ha pensato mio figlio. Mi ha detto che ha già provveduto a tutto. Cos'altro vuole da me? Se ne vada! Io non ho niente a che spartire con lei!

La donna rise. La guardò con uno sguardo carico di pena, e disse: – Suo figlio non ha saldato alcun debito con me. È un poveraccio, non lo sa? Proprio come lei! Suo marito sì, lui sì che li aveva, pace all'anima sua. Ora deve pagarmi. Io ho fatto il mio lavoro, ho fatto quello che lei non ha mai avuto il coraggio di fare. Altrimenti la denuncerò, insieme a quello che resta di questa stupida famiglia! Ho le prove, si ricordi.

Successe durante un ticchettio d'orologio, lo aveva sentito. Quando la donna si avvicinò, lei l'assalì prendendole il collo con entrambe le mani, stringendo con forza. Con tutta la sua rabbia. Nella mente si palesarono le immagini del suo primogenito costretto dietro a sbarre verticali, non più a rombo come quelle che lo proteggevano da piccolo, le stesse del nipote, la sua famiglia. Agì d'impulso, pochi istanti ancora e percepì un flusso vitale volarsene via lontano, altrove. Non sapeva a chi appartenesse, se a lei o alla donna che si accingeva a sistemare sul pavimento, adagiandola a braccia conserte come accolta da una bara invisibile. Si alzò e raggiunse meccanicamente il telefono, si sentiva stanca. Digitò il numero che conosceva a memoria, lentamente, ripetendolo a bassa voce.

– Pronto – riuscì a dire, prima di scoppiare in lacrime.

– Mamma che succede? – rispose la voce metallica all'altro capo.

Nessuna risposta. Solo singhiozzi alternati a momenti di silenzio.

– Mamma, sei tu? Tutto bene?

– N-no.

– Cosa? Non capisco.

– No – ripeté facendosi forza per scandire.

– Mamma, dimmi cos'è successo.

– Morti.

– Chi? – domandò preoccupato.

– Tutti. Morti tutti. Tutti morti...

– Mamma, stai tranquilla. Resta lì e aspettami: arrivo subito!

– Sì. Sono tutti morti...

– Mamma, domani. Ricorda cosa diceva sempre papà: che domani andrà meglio. Mamma, domani andrà meglio. Arrivo, aspettami.

– Morti.

Nell'appartamento regnava il silenzio. Suo figlio dormiva di quei sogni lieti che solo i bambini della sua età sanno ricreare anche a occhi aperti, mentre la moglie riposava dopo il turno di notte.

Lui no, lui aveva aspettato quella telefonata da quando era rientrato e aveva salutato la madre per l'ultima volta, pensò. Poi alzò la cornetta e compose i numeri: uno, uno, tre. A quell'ora il centralino era libero, risposero subito e li avvisò che qualcosa non andava presso il domicilio dei genitori. Riattaccò sollevato dal fatto che tutto fosse finito: ora poteva riposare. Raggiunse la camera da letto evitando di fare rumore. Aprì il cassetto del comodino dalla sua parte, tirò fuori una busta e lesse il contenuto. Quando arrivò all'ultima riga tentò di svegliare la moglie con un bacio, ma lei si scostò. La osservò per un istante prima di riprovare, poi ripeté il gesto fino a quando lei sollevò il cuscino per proteggersi, infilandovi la testa sotto. Ma ormai era sveglia, lo sapeva. Con lievi sussulti attirò la sua attenzione.

– Amore – la chiamò dolcemente.

– Si può sapere che diavolo vuoi? – esclamò a labbra serrate per non svegliare anche il bambino che dormiva nella culla ai piedi del letto.

– Amore, domani avremo la nostra casa – sussurrò, come se le stesse svelando un segreto.

– Torna a sognare e non rompere...

– Amore – la interruppe, spostandole il cuscino dal volto. – Guarda qui.

– Mi hai svegliata per una stramaledetta lettera? – Adesso era furiosa.

– Il testamento di mio padre. Questo è l'originale. Ora è tutto mio. Nostro, scusa.

– È morto? – Si alzò di scatto e prese il foglio dalle mani del marito. Iniziò a leggerlo dimenticandosi del sonno. – E tua madre? – domandò quando ebbe finito.

– Mia madre starà via per un po'. Qualche anno forse, o magari per sempre: credo che a causa di mio padre non sia più in grado di intendere e di volere. Ora è tutto mio! Nostro, scusa.

Si avvicinò mostrandole un ampio sorriso, prima di darle un lungo bacio. Poi, raggiungendola sotto le coperte, disse: – Adesso che ci sfratti pure, quel bastardo!

– Davvero non abiteremo più in questo schifo di buco? – chiese avvinghiandosi e poggiando la testa sul suo petto, sorridendo a sua volta.

– Domani, amore: domani andrà meglio.

Luigi Foglia segue un corso di scrittura creativa a Parma presso "Corsisti per caso", tenuto dal docente Mauro Martini Raccasi nell'anno 2017. Da lì prende forma la sua passione per i racconti con il supporto di un gruppo di scrittori con i quali si ritrova una volta al mese per scambiare consigli e collaborare sui testi. Si appassiona alla lettura, più in dettaglio ai romanzi di Nicholas Sparks e Jeffery Deaver dai quali trae ispirazione per i suoi lavori. Fra gli altri generi segue la poesia della quale è appassionato fin dai tempi della scuola. Scrivere un romanzo resta la sua grande aspirazione e leggere è il suo hobby preferito, oltre ai viaggi e trascorrere il tempo insieme alla famiglia.

L'oblio non assolve

di Giuseppe Raineri

– Volevo parlarle, Giovanni. Non c'è bisogno che si sieda. Sarò breve.

Lucia, la dottoressa responsabile del reparto, era in piedi dietro la sua scrivania e guardava l'infermiere dritto negli occhi con un'espressione di chiara insofferenza. Non gradiva muovere rimproveri ai suoi collaboratori per motivi che esulassero da questioni espressamente legate alla vita del reparto.

– Anch'io desideravo dirle qualcosa e...

– Ci sarà tempo per questo. L'ho convocata personalmente perché mi è stato riferito che da un po' di tempo lei fa troppe domande in giro per il reparto su un paziente in particolare a cui sta dedicando attenzioni che la distolgono da tutti gli altri. Trovo che questo suo modo di fare sia decisamente inopportuno, soprattutto se va a discapito del lavoro dei suoi colleghi e colleghe.

– Posso sapere chi le ha riferito queste cose?

– Ovviamente no! Le lamentele provengono da più parti, perfino da alcuni parenti che si sono indignati per il suo comportamento definito decisamente sgarbato, quando invece dovrebbe occuparsi anche di loro senza privilegiare nessuno. Inoltre, il problema è che lei sta violando ripetutamente regole elementari di riservatezza. Se ritiene di dover chiarire qualche aspetto di questo paziente, deve parlarne innanzitutto con la caposala o direttamente con me. Per ora la cosa rimarrà tra di noi ma la invito a tenere un comportamento più professionale con tutti e con la dovuta equità.

– Lei ha ragione, ma da qualche mese il signor Emilio sembra ricordare una parte del suo passato con una certa precisione. In genere è sempre stato molto confuso e anche i suoi discorsi accavallavano cose apparentemente senza senso. Mi chiede spesso di scrivere lettere alla moglie, ne abbiamo iniziate molte senza riuscire a finirne una. Nessuno viene mai a trovarlo. Questa moglie esiste o è solo il parto di una memoria poco affidabile?

– Per il momento le basti sapere che è morta da molti anni. Evidentemente sta riaffiorando qualche ricordo del suo passato. A questo proposito la invito a non tenere per sé queste situazioni e a riferirmene i dettagli con sollecitudine.

– Ho capito, ma lei è sempre molto occupata e pensavo di non disturbarla con queste quisquiglie. Tutti i nostri ospiti soffrono degli stessi problemi ed è difficile distinguere veri ricordi da elaborazioni fantastiche della loro vita passata.

– Giovanni, stiamo parlando dei nostri ricoverati e non di pettegolezzi. Il nostro è un lavoro di squadra e nessuno è autorizzato a tenere per sé quello che viene a sapere all'interno del reparto. Ora, può tornare al suo lavoro. Ci siamo intesi?

Lo invitò a uscire con un gesto inequivocabile della mano, portando lo sguardo sui fogli che aveva davanti e non consentendogli ulteriori repliche. Non appena sola, Lucia si accomodò sulla sedia ed estrasse dal cassetto, chiuso con la chiave che portava gelosamente al collo, una cartelletta voluminosa, piena di documenti, perizie e poche fotografie, testimonianze menzognere di un passato felice.

La aprì e iniziò a sfogliarla ripercorrendo la storia di un uomo, ora vecchio, innocuo e demente affidato alle loro amorevoli cure, che aveva pagato un debito pesante con la società.

La sua vicenda doveva rimanere sepolta per evitare che la mostruosità del suo agire potesse interferire con l'assistenza che non poteva essergli negata, nonostante tutto.

Ora, per colpa di un giovane infermiere troppo zelante, rischiava di riaffiorare un dramma ormai dimenticato e che nell'ombra doveva rimanere.

Rilesse con attenzione quei documenti che le bruciavano tra le mani e ogni volta temeva potessero compromettere la lucidità di giudizio che doveva guidare il suo lavoro di medico.

Tutto doveva essere iniziato per un motivo banale, in apparenza.

Lui voleva un altro figlio, il quinto, lei invece no.

Lui voleva che si occupasse della casa, non c'era alcuna necessità di un altro stipendio. Ai soldi poteva pensare lui. Ancora lui e solo lui riteneva che la divisione dei compiti rispondesse pienamente alle necessità della famiglia. La natura aveva distribuito e assegnato compiti precisi ai due sessi e non vi era necessità che venissero sconvolti dal capriccio momentaneo di "trovare una personale realizzazione", quando questa esigenza era pienamente soddisfatta dai compiti che già le competevano.

Quale bizzarra realizzazione stava cercando? Si trattava certamente di farneticazioni, istigazioni dovute a mode che potevano anche essere valide genericamente ma male si confacevano al loro caso particolare.

Lei invece non la pensava così e ora che i figli erano cresciuti e che anche i più piccoli trascorrevano gran parte della giornata a scuola, aveva rispolverato il suo vecchio diploma e cercava un lavoro, anche per poche ore al giorno.

Certamente la casa sarebbe stata meno linda e i pasti serviti con minor regolarità e cura, ammesso che fossero compiti che le spettassero in modo arbitrariamente esclusivo.

In segreto e con l'aiuto della sorella aveva iniziato a frequentare lo studio di una psicoanalista.

Le carte e le testimonianze della figlia maggiore parlavano chiaramente del complesso tentativo di ricostruzione di un'identità al femminile schiacciata da retaggi atavici, da abitudini consolidate dal tempo, non da scelte libere. Quelle del perito riproducevano un canone sentito fino a una noia tragica e parlavano di sequele di errori drammatici e ripetitivi.

Il più grave era stato quello di alzare l'assicella della sopportazione sempre un poco più in alto a ogni offesa, a ogni mancanza di rispetto e di stima.

Invece di credere che fosse un atto di conciliazione, di tolleranza, era stato interpretato come un invito a superare un nuovo limite, quasi una sfida a fare di più, sempre di più e l'ingiustizia aumentava in un crescendo come in musica, fino a diventare rumore assordante.

Il senso distorto di una naturale maternità aveva stimolato in lei aiuto e soccorso in un gioco a parti invertite tra vittima e carnefice.

Sentiva un disperato bisogno di trarre dal buio della ferocia una povera vittima di bufere emotive ma ancora una volta al centro dell'attenzione si trovava il carnefice vittima delle proprie storture e non la vittima vera che avrebbe raccolto tardive solidarietà e compassioni a tempo scaduto.

Poi una lettera accorata che forse il marito non aveva mai nemmeno letto. Sembrava un esercizio di comunicazione, la prova generale di un abbandono.

"So che mi cercherai, lo hai già fatto tutte le altre volte riportandomi a casa con promesse che non hai saputo mantenere. Il primo ceffone mi ha colta impreparata, non è stato il dolore del gesto improvviso a farmi soffrire, a farmi male, ma la sorpresa, l'ingiustizia di qualcosa di inaspettato perché inferto con il proposito fermo di piegarmi al tuo volere.

Ma non era finita lì. Altre sberle sono seguite, a due mani, altri pugni e calci in un furore cieco che gli occhi spiritati facevano trasparire chiaramente. La cicatrice che porto ancora sulla guancia è deturpazione e marchio di possesso come si farebbe con un animale di tua esclusiva proprietà.

Mi hai accettata anche così, rovinata, segnata, come se a ridurmi in questo stato fossero stati altri per la mia inaccettabile ostinazione.

Di mio ti ho dato tutto, anche le rinunce che mi hai imposto e tutto ti ho restituito, non ho trattenuto nulla di ciò che ti appartiene. Io non ti appartengo.

Eppure, anche questo non ti basta.

Che cosa vuoi ancora da me?

Non riesci a rassegnarti?

Forse ti spaventa la solitudine?

Oppure è l'offesa per la ribellione al pensiero di essere roba tua, esclusivamente solo tua?

Nessuno è possesso di qualcun altro. Non è amore, è schiavitù.

Forse inconsapevolmente trattengo ancora qualcosa di tuo?

Dimmelo e te lo restituirò subito.

Oppure dopo avermi trattata come il contenitore delle tue paternità e il ricettacolo delle tue fragilità, delle tue negatività, delle tue miserie ti terrorizza misurarti con te stesso?

Su chi riverserai tutte le tue delusioni, le frustrazioni, la rabbia?"

Da troppo tempo, dimenticando di aver messo fine alla vita della moglie che non voleva più saperne di lui e aver reso i quattro figli orfani dei genitori in un colpo solo, si ostinava a trattarla come viva concedendole tardivamente la libertà di andarsene e ricostruirsi una vita. Ancora una volta commetteva l'errore di pensare di essere solo lui il fulcro del loro rapporto e di riconoscerle tardivamente e senza rimorsi con superflua magnanimità un diritto che non stava a lui concedere.

Il diritto di scegliere chi essere nella vita le apparteneva già.

La biologia assegna opportunità, gli uomini le condizionano nel bene e nel male.

Lucia chiuse gli occhi e l'immagine che le tornava in mente ogni volta che sentiva la notizia dell'ennesimo omicidio di genere si ripresentò nitida. Una lunga catena di donne abusate si stringeva per mano silenziosa e davanti a loro una fila di figure anch'esse mano nella mano, mute e indistinte. Solamente il coraggio di una pari dignità avrebbe potuto donare loro finalmente un volto.

Giuseppe Raineri, dopo una lunga, ricca e variegata esperienza di lettore si è cimentato nel mettere per iscritto pensieri, fatti reali e di pura fantasia e dare vita a progetti narrativi abbozzati o rimasti incompleti per molto tempo.

All'interesse per la tecnologia, si affianca quello fortissimo per la musica, Bach soprattutto, per la scienza, la storia, la narrativa che diventa chiave di lettura dell'uomo anche dove sembra che la fantasia prevalga sul vissuto reale.

Con lo pseudonimo di Giulio Irneari ha esordito con *Plissé* per la casa editrice Silele, cui è seguito *Il patto*, dove il racconto si tinge di giallo e di nero ed un romanzo breve in formato elettronico su Amazon dal titolo *La biblioteca delle memorie minime*: un omaggio di fantasia ai libri, alle biblioteche, a Borges. Altro è in attesa di pubblicazione.

IN-CONTROtempo

di Gio Cancemi

Da molto tempo l'uomo e la donna cercavano.

Sguardo verso il basso, sfogliavano ogni più sottile pagina del mondo, in quel prato sterminato, camminando, senza esserne consapevoli, l'uno incontro all'altra. In silenzio.

Lei si lamentava interiormente di non riuscire a trovare fiori resistenti e forti, che riuscissero a stillare il loro profumo anche una volta strappati dalle radici, fiori che l'avvolgessero e la proteggessero di bellezza e colore senza appassire, senza piegare il proprio stelo fra le sue dita, come abbandonati... cercava fiori che decorassero la sua casa con il carattere deciso della loro natura, la sicurezza di poter contare sempre su una vitale esplosione di vita e rigogliosità in cambio di un po' di luce, un nido di terra, un po' d'amore e di dedizione.

Lui, invece, cercava fiori da proteggere, da fare propri per ingentilire un po' la sua casa spesso vuota, scarna ed essenziale... Avrebbe voluto la consolazione di poter posare gli occhi su una piccola bellezza, sapere che sarebbe stata ad aspettarlo dietro ogni porta che si apriva, dietro ogni tempo che macinava lentamente cose e persone, al sole e alla pioggia, come un conforto condiviso, un miracolo in bottiglia... Anche lui avrebbe dato in cambio qualche enorme briciola d'amore, perché il fiore potesse vivere di tutto il proprio splendore, di tutta la propria meraviglia, con tenace dolcezza e tenera forza, con profonda riconoscenza per i tutti i doni che portava nella vita di lui, senza fargli sentire nessun cambio di stagione.

Compressi ognuno nella propria ricerca, l'uomo e la donna accorciavano la distanza fra loro.

Colpito dal profilarsi di una figura sfocata entrata in punta di piedi ai lati del suo sguardo, l'uomo alzò di scatto gli occhi verso la donna che, però, rimaneva intenta a osservare il terreno, senza accorgersi che lui la stesse guardando. L'uomo posò lo sguardo su di lei per parecchi istanti, affascinato da un non so che nelle sue movenze e nella sua essenza.

Una risposta inattaccabile a un'accecante domanda interiore.

Vedendo che lei non aveva minimamente cambiato il suo fare, che continuava a tenere gli occhi bassi e che non sembrava assolutamente colpita dalla sua imprevista attenzione, non sentì quel conforto, l'abbraccio di quell'acqua senza sponde che stava cercando, quindi si convinse di sbagliare, si disse che stava togliendo troppo tempo prezioso alla sua affannosa e perenne ricerca, e ricadde con gli occhi sul terreno, di nuovo a far scorrere erba e colore sulla tela della sua vista.

Proprio in quel momento lei notò con la coda dell'occhio il movimento della testa di lui e, curiosa, di scatto alzò lo sguardo. Lo vide impegnato a non guardarla, perso nel cercare, come fosse la cosa più importante al mondo. Eppure, nel guardare quell'uomo, sentiva dentro di sé sciogliersi resistenze antiche, sentiva come il bisogno di abbandonarsi, di sentirsi fragile e indifesa fra le sue braccia, come fosse l'unico posto giusto dove stare e stare bene, sentiva di voler quasi essere protetta da lui per sentirsi finalmente e immutabilmente al sicuro. Per questo motivo indugiò a guardarlo più del necessario... ma quando vide che l'uomo non distoglieva l'attenzione dalla sua ricerca, nonostante lei lo guardasse con tutta l'intensità di cui era capace, si disse che probabilmente lei gli doveva essere indifferente e che se veramente doveva nascere qualcosa, lui non poteva non accorgersene in quel modo... Anzi, probabilmente, se avesse voluto davvero guardarla, DOVEVA in qualche modo sentire qualcosa che gli facesse interrompere la sua ricerca e far di tutto per conquistare lo sguardo di lei: a quanto pareva, quindi, non era ciò che stava cercando e, allora, tornò anche lei, dopo poco, a rivolgere lo sguardo verso il terreno.

Fu così che entrambi coprirono i pochi passi che ancora li separavano, a occhi bassi.

Quando si sfiorarono passandosi di fianco per poi proseguire ognuno in direzione opposta all'altro, l'aria sembrò fermarsi di colpo, come in una fotografia; sul terreno, nel punto esatto del loro incontro, comparve il germoglio di un salice che crebbe e pianse eternamente i suoi rami pendenti, come un monumento a tutte le occasioni perdute, a tutte le estreme verità inutilmente taciute.

Le stelle li guardarono assurdamente allontanarsi, impotenti. Poi, dopo un impercettibile attimo, con le loro lacrime versate per l'acuta cecità umana, provarono un'altra volta a disegnare il loro comune destino.

Gio Cancemi, modenese, è laureato a pieni voti in Lettere Moderne presso l'Università degli Studi di Bologna. È anche laureato con il massimo dei voti in Pianoforte presso l'Istituto Superiore di Studi Musicali "Achille Peri" di Reggio Emilia e nella vita svolge attività di Insegnante di Musica e di Pianista Solista e Accompagnatore.

In ambito musicale collabora stabilmente con numerosi insegnanti di fama nazionale e internazionale, con numerosi artisti, cantanti e strumentisti, compagnie teatrali e circoli musicali.

Ha partecipato a diversi concorsi di musica vincendo vari premi e frequentato numerose masterclass.

Nel 2013 pubblica presso la casa editrice Divinafollia il libro *Assoli Esuli d'Azzurro* che raccoglie alcune sue poesie. Diversi suoi racconti, poi, sono stati pubblicati in varie pubblicazioni antologiche.

Nella scrittura trova l'antidoto a una realtà della quale ama evidenziare aspetti contraddittori e complessi e dalla quale cerca rifugio e "cura" attraverso "l'incantesimo" della parola.

Livello 7

di Davide Di Vitantonio

1.

Nel corso dei 36 anni della sua vita, Attilio Braschi era salito in ascensore solo tre volte. La prima era stata quando era morta sua madre, e la nonna lo aveva accompagnato al terzo piano del condominio tenendogli una mano sulla spalla e asciugandosi il naso con un fazzoletto di pizzo. La seconda, quando era rientrato a casa ubriaco alle tre del mattino, lordo di vomito, ricordando vagamente il nome della ragazza che gli aveva slacciato i pantaloni nel bagno degli uffici assicurativi. La terza volta era molto più recente. Il giorno prima, per esattezza. Gli uffici della *Popular Bank von Deutschland* aprivano alle sette e mezza precise, ora di Londra, ed erano dislocati lungo nove piani comunicanti, protetti da vetro antiproiettile e serrature magnetiche. Ogni mattina, una folla di avvocati, broker, analisti finanziari e impiegati generici, si affollava al pianterreno sciamando come un nugolo di vespe impazzite. Dalle vetrate imponenti che davano sulla piazza, si intravedevano le roccaforti minacciose della Torre di Londra che emergeva dalla nebbia come un gigante marino. Il più importante istituto finanziario del mondo, strombazzavano i giornali, secondo solo al potere illimitato della Federal Reserve degli Stati Uniti.

Era in uno di quegli uffici ipermoderni e asettici, che Braschi aveva ottenuto un colloquio di lavoro tramite l'intermediazione di sua moglie Vera. Si era presentato ben rasato, con un impeccabile completo Armani che aderiva alle forme robuste esaltando l'ampiezza delle spalle e l'invidiabile asciuttezza del girovita. Accodandosi agli impiegati in fila di fronte alle porte dell'ascensore, un senso di gelo profondo gli aveva stritolato le viscere. Quando le porte metalliche si erano spalancate, un senso di vertigine.

Una donna sui quarant'anni gli aveva sorriso ma lui non aveva risposto, incapace di staccare gli occhi dall'antro soffocante che lo chiamava a sé con pazienza omicida. Aveva chiuso gli occhi e si era accodato agli altri, percependo il sudore che cominciava a formasi intorno al colletto inamidato della camicia. Era stato schiacciato dalla massa corporea delle persone che si stringevano l'una con l'altra, mescolando i propri odori in una cacofonia nauseante. La donna che gli aveva sorriso non si era sforzata di limitare il contatto, strofinando il fondoschiena in maniera apparentemente casuale sulla sua coscia destra. A ogni livello del grattacielo, l'antro si svuotava e si riempiva con orribile costanza. Braschi aveva temuto di svenire a aveva fatto appello a tutte le sue energie, svuotandosi di ogni pensiero, concentrandosi sui numeri dorati e sulla freccia meccanica che indicava i livelli.

Era sceso al sesto, con la vista appannata e le mani fradice di sudore gelato. Una volta ripreso il controllo di sé, aveva raggiunto l'ufficio di Stephen Ward e condotto il colloquio nel migliore dei modi, mostrandosi spigliato e sicuro di sé, ironico e professionale. Aveva torreggiato sul capoufficio come un re taumaturgo, consapevole della propria forza e del fascino assassino che trasudava da ogni poro della pelle abbronzata. Come c'era da aspettarsi, mr. Ward era rimasto profondamente colpito e gli aveva proposto un secondo colloquio definitivo per l'indomani a mezzogiorno. Si erano stretti la mano e Braschi aveva notato un impercettibile tremore nel braccio del suo futuro capo. Tutto era andato per il meglio e per tornare al pianterreno aveva preso le scale, sfoggiando il suo miglior sorriso e nascondendo la mano sinistra nella tasca dei pantaloni.

Vera era distesa sul letto. La vestaglia di cotone era scivolata lungo le gambe e il colore rossastro contrastava piacevolmente con le lenzuola bianche e con le pallide forme delle sue cosce tornite. Stava fumando una sigaretta con aria assente, studiando le nuvolette di fumo che si disperdevano nell'aria.

– Com'è andata big man? – gli chiese vedendolo entrare con aria soddisfatta.

– Tu cosa pensi?

– Penso che sei uno stronzo.

– Appuntamento domani, a mezzogiorno, per il secondo colloquio.

– Bene.

Braschi si liberò della giacca con gesti studiati e sfilò una sigaretta dal pacchetto della moglie. La debole luce del mattino londinese penetrò attraverso le tende socchiuse, rischiarando appena le ombre sul corpo di

Vera. L'appartamento era situato su Piccadilly Circus. Costosissimo e moderno, era costato l'equivalente di dieci anni di stipendio netto di un qualsiasi pendolare d'Inghilterra. Non che questo rappresentasse un problema per la famiglia di Vera.

– Hai parlato con Ward?

– Si.

– Il posto è tuo, lo sai vero?

– Certo – rispose Braschi versandosi due dita di Brandy da una bottiglia dimenticata sul comodino. – Non c'è nessun altro che possa fare quel lavoro meglio di me. Lo sai anche tu.

– Ti sono servita io – ribatté Vera con stizza. – Senza l'appoggio della mia famiglia nuoteresti ancora nella merda.

Braschi le allungò un ceffone senza smettere di bere. Dal labbro inferiore di Vera colò un rivoletto di sangue rosso acceso.

– Figlio di puttana – sibilò asciugandosi il mento. – Chi cazzo ti credi essere?

– Tuo marito – rispose lui imperturbabile guardandola dall'alto in basso. – Non te lo dimenticare.

– Se mio padre venisse a saperlo...

– Ma non verrà mai a saperlo, vero tesoro? – la interruppe lui chinandosi per baciarle la fronte. – Perché tu mi ami.

Vera si leccò il labbro sentendo il sapore del sangue sulla punta della lingua.

– Vero? – insistette Braschi sedendosi sul bordo del letto e passandole una mano fra i capelli castani.

– Sì.

– Bene.

Era stata sincera. Lo amava davvero. Un amore feroce che era divampato come un incendio nel corso dell'estate precedente. Allora era fidanzata con il rampollo della famiglia Taylor, diretta concorrente di suo padre nel controllo dei pacchetti azionari delle società bancarie. Attilio era piombato nella sua vita come una furia, durante un ricevimento in Italia, a palazzo Grazioli. Un semplice cameriere laureato in economia bancaria che sbarcava il lunario con lavoretti di fortuna. Si erano conosciuti con una stretta di mano che era durata un secondo di più del necessario, poi la passione era esplosa incontrollabile consumandosi in uno dei bagni del palazzo. Attilio le aveva tenuto una mano sulla bocca per impedirle di urlare, e l'aveva penetrata con decisione assecondando i movimenti convulsi del suo bacino, sostenendola con la sola forza del braccio sinistro. Da allora si erano visti quasi ogni giorno, fino alla partenza. Vera aveva confessato tutto a suo padre, un uomo debole di carattere e incredibilmente mite, nonostante le apparenze, che aveva acconsentito subito a un fidanzamento ufficiale e a un rapido matrimonio che mettesse a tacere i pettegolezzi dell'alta società. Jamie Taylor, il suo ex ragazzo, l'aveva presa piuttosto bene; era ricoverato in una clinica per tossicodipendenti a Liverpool, e si sussurrava in giro che avesse tentato il suicidio impiccandosi con i lacci delle scarpe.

In Italia, Braschi avrebbe potuto ottenere qualsiasi lavoro avesse voluto. Ma puntava in alto, molto in alto. Per questo lavorava ancora come cameriere ai ricevimenti di palazzo Grazioli; immerso fino alle caviglie nei gozzovigli della gente *bene,* attendeva da anni il momento giusto.

Ora quel momento era arrivato. Era sdraiato di fronte a lui, su lenzuola di seta, e vibrava di eccitazione fino alla punta delle dita.

Dominio

– Non farò il secondo colloquio con Ward – precisò assaporando sotto i polpastrelli la morbidezza del seno di Vera.

– Lo so – disse lei ansimando sotto il suo tocco. – È quello stronzo di Fischer che ha l'ultima parola.

Le mani di Braschi si muovevano esperte sul suo corpo. Scendevano lungo le curve dei seni e le accarezzavano il ventre aumentando leggermente la pressione sul monte di Venere.

– Hai paura di questo Fischer?

– Sa essere un vero bastardo.

– Ti piace?

– Cosa?

– Ho detto: ti piace?

– Ma che dici? – Nella sua voce si era insinuata una nota di paura.

– Rispondi.

– Certo che no, amore. Lo conosco appena.

La mano sinistra di Braschi si era spostata sulla sua nuca. – Lo conosci appena ma dici che è un vero bastardo? Come fai a dirlo se non lo conosci?

– Io non...

– Taci! – urlò tirandole improvvisamente una ciocca di capelli.

La sua testa saettò all'indietro e un dolore lancinante all'altezza del collo le strozzò in gola un urlo disarticolato. Le lacrime cominciarono a scorrerle lungo il viso.

– Piangi perché sai che ho ragione? – urlò ancora

Braschi facendola rotolare sul materasso con un fortissimo manrovescio. Il pesante anello d'oro che portava alla mano cozzò sullo zigomo di Vera rompendo i capillari.

– Amore io...

– Ti ho detto di tacere, puttana! – le gridò in faccia sentendo la furia che saliva in lui come una belva feroce.

Stava perdendo il controllo. Di sua moglie. E lui non perdeva mai il controllo di nulla. Lui dominava ogni cosa.

– Ti ho detto di tacere – ripeté sibilando.

Corse dall'altro lato del letto e la mise in piedi afferrandola di nuovo per i capelli. Vera piangeva e cercava di coprirsi il volto con le mani, ma Attilio era troppo forte. Il suo corpo era come un tronco di acacia scolpito nel sole, duro e muscoloso. Il suo alito sapeva di Brandy. Le mollò due violenti colpi con il dorso della mano su entrambe le guance facendola cadere bocconi sul tappeto persiano dove si rannicchiò in posizione fetale proteggendosi la testa con i gomiti.

Prima di ripiombarle addosso, Braschi si prese il tempo necessario per riordinare una fila di libri sul comodino. Dal più piccolo al più grande.

Vera singhiozzava scossa dai brividi. Attilio rimase a guardarla per qualche momento e sentì l'eccitazione che fluiva in lui come un fiume in piena. Si tastò l'inguine con le dita, incontrando il tessuto teso allo spasimo da un'erezione imponente.

La vestaglia di Vera le aderiva alle cosce e al busto e ciò contribuì ad aumentare le palpitazioni del suo cuore impazzito.

– Alzati – le ordinò.

Vera obbedì senza smettere di tremare. Una volta in piedi, Braschi le strappò la vestaglia con un gesto secco, facendo volare via i bottoni rossi e ammirando il suo corpo sottile come una palma che si rivelava in tutta la sua nobile dolcezza. Le prese un capezzolo fra le dita e lo strizzò finché non sentì il gemito di piacere mescolato al dolore che fuoriusciva dalle labbra tumefatte della moglie.

– Ti piace? – le chiese sogghignando.

– Sì.

– Bene.

La afferrò con entrambe le braccia e la catapultò sul letto, dove la prese con foga inaudita ansimando come un animale braccato. Il tutto durò meno di un minuto.

Riavviandosi i capelli si allontanò da lei e si sciacquò la faccia nel lavandino del bagno rivolgendo a se stesso uno sguardo di ammirazione.

Dominio.

2.

Il salto di qualità era alle porte. Sei mesi in un ufficio assicurativo di Torino erano bastati per spianargli la strada verso la Gran Bretagna e la filiale della *Popular Bank von Deutschland* della quale il padre di Vera rappresentava il gruppo di maggioranza azionaria. Quella notte, Braschi rimase sveglio a osservare i movimenti ritmici del petto di sua moglie che si alzava e si abbassava nell'oscurità. Sentiva di dominare ogni fibra dell'essere che dormiva al suo fianco. Lei gli apparteneva totalmente, anima e corpo. Tutto era ordinato. Tutto era perfetto, brillante. Nessuna particella di caos infestava la sua esistenza, l'entropia riposava al di fuori della sua sfera dorata, relegata ai vaneggiamenti degli astrologi nelle pagine sgualcite dei giornali di ieri. Sentiva il futuro dinanzi a sé come un collo di donna, poteva sporgersi dall'abisso e spezzarlo con una semplice torsione del polso. Le pareti della camera da letto erano meravigliosamente spoglie. Pulite. L'intonaco bianco risplendeva di dedizione all'equilibrio, asciutto e simmetrico come il suo corpo scultoreo.

Sua madre sarebbe stata fiera di lui. Era morta all'improvviso, vent'anni prima, lasciando un vuoto abissale nella sua perfetta esistenza. L'avevano trovata accanto a una finestra, nella loro tenuta di campagna, con gli occhi rivolti verso il camino. I medici avevano parlato di un qualche tipo di reazione allergica, e liquidato la cosa come morte naturale. All'epoca, aveva temuto di impazzire; sua madre era morta in una *zona* sicura dove qualcosa era penetrato in lei e Attilio non poteva accettarlo, fosse anche il fetido e caotico germe della malattia. Già allora sapeva a cosa era destinato. Ordine nel caos. Era questo il comandamento che egli condivideva ciecamente con la donna che era stata sua madre.

– Saresti fiera di me, mamma – pensò sfiorando con un dito la schiena di Vera. – Domani metterò tutto a posto. Tutto tornerà nell'ordine.

Si addormentò cullato da quest'ultimo pensiero, imprigionando in fondo alla mente la memoria dell'ascensore e dei suoi antichi e inconfessabili terrori.

La mamma rinchiusa in una bara. Unghie spezzate sul coperchio.

Uno spazio chiuso.

La sveglia elettronica suonò alle 10:30 in punto. Sua moglie non c'era. Si fece una doccia ripassando mentalmente gli impegni della giornata e indossò un gessato grigio su una camicia color perla, annodando alla perfezione la cravatta azzurra. Il cielo era terso e brillante, i rumori della strada giungevano ovattati attraverso la serranda chiusa e una luce soffusa penetrava a fatica nella stanza da letto, sfiorando appena gli angoli delle lenzuola. Finalmente soddisfatto, Braschi si guardò allo specchio. Gli occhi grigi si intonavano alla perfezione con l'abito, rendendolo simile a uno dei divi che appaiono sulle copertine delle riviste patinate. Sorrise a se stesso, gonfiando il petto e osservando con orgoglio la fossetta volitiva disegnata sul mento. Scese al piano terra, chiamò un taxi, e attese sorseggiando un caffè americano in compagnia di una coppia di giovani sposi. Lungo il tragitto verso la banca, studiò dal finestrino i mille volti di Londra, a volte con ammirazione, a volte con un profondo disgusto. Il caffè era finito e non si premurò di avvisare il tassista, dimenticando casualmente il bicchiere sotto il sedile posteriore. Scese a Trafalgar Square, pagò ed entrò in un bar, dove consumò una doppia porzione di uova con bacon assaporandone l'aroma fra la lingua e il palato. Alle 11:30 uscì dal locale ed entrò in banca, folgorante come il sole nascente.

Karl Fisher, Human Resources.

Il suo ufficio si trovava al settimo livello, scoprì Braschi studiando la disposizione degli uffici su una piantina affissa all'ingresso. Deglutì nervosamente e si guardò intorno studiando l'arredamento e la carta da parati.

Se fosse salito a piedi, sarebbe arrivato stanco e sudato, e non era ammissibile. Fischer avrebbe intuito il suo nervosismo e avrebbe segnato un punto a suo favore nello scontro dialettico che si sarebbe venuto inevitabilmente a creare. L'idea delle scale lo abbandonò immediatamente. Doveva *dominare* il suo avversario, fare a pezzi le sue difese puntando tutto sulla velocità della propria mente e sul marmo lavorato della sua figura. Non poteva essere stanco. Non doveva arrivare con il fiato corto abbozzando un sorriso di circostanza.

Reprimendo un brivido, premette il tasto di chiamata dell'ascensore, restando in attesa mentre la freccia di ottone passava dal tre al due e dal due all'uno.

Era solo.

La folla del giorno prima era assente, complice l'ora, e lo rallegrò pensare che quantomeno non avrebbe dovuto sopportare il lezzo dei loro corpi e il contatto fisico indesiderato. Perfettamente conscio della propria ansia appena dissimulata sotto una maschera di conformismo, fissò le porte che si schiudevano di fronte a lui come fossero i cancelli del paradiso. Inspirò a fondo, e si infilò nell'antro.

Una volta dentro, premette il tasto 7, lasciando un'impronta di sudore sul metallo freddo. Chiuse gli occhi contando fino a dieci e quando li riaprì, vide che l'ascensore aveva appena toccato il quarto livello. Una vertigine maligna lo costrinse ad appoggiare la schiena sulle pareti grigie. La sua mano sinistra stava tremando sotto il peso della ventiquattrore di pelle, che nell'arco di pochi secondi era diventata pesante. Incredibilmente pesante.

Sforzandosi di riprendere fiato spalancando la bocca e stringendo i pugni, Braschi inizialmente non vide la *cosa*.

Era appollaiata nell'angolo alto dell'ascensore, perfettamente immobile. Appena uno schizzo di tenebra che rompeva l'equilibrio cromatico dell'alluminio. Non poteva vederla, perché la *cosa* fino a quel momento era stata ferma e silenziosa. Fu solo la paura. Un attimo di esitazione al quinto livello. Un brivido più forte degli altri e la valigetta ventiquattrore cadde. Il suo eco si spense rapidamente ma non così rapidamente perché la *cosa* non lo percepisse come un boato insopportabile. La vibrazione dell'alluminio viaggiò fino al cuore pulsante della *cosa*, che piombò su di lui come un incubo diurno.

Braschi vide la *cosa* e urlò.

Un urlo che rimbombò fra le pareti di quella trappola di metallo come un tuono estivo. Urlò fino a che ebbe voce, percependo con dolore crescente la lacerazione della realtà che confluiva nell'inimmaginabile, nel caos primordiale dove la preda rifugge la luce del giorno. Con un ultimo lampo di razionalità, Attilio allungò il braccio verso la tastiera elettronica, bloccando il meccanismo di ascesa giusto all'altezza del settimo livello. Le sue dita impazzite premettero sul pulsante di emergenza e la sirena di allarme sfuggì dalla cabina spandendosi per i corridoi; nel suo ultimo istante di lucidità, a Braschi ricordò le urla di sua moglie.

Quando i vigili del fuoco spalancarono le porte, Braschi giaceva con il viso gonfio e violaceo rivolto verso di loro. Le sue palpebre erano socchiuse e lo sguardo al di sotto di esse suggeriva un indescrivibile orrore, accentuato dalle mascelle spalancate e dalla massa spugnosa e sanguinolenta della lingua che sporgeva inerte dalla fessura.

Gli uomini in uniforme trascinarono il corpo all'esterno, sotto lo sguardo rapace dei dipendenti affollati sul pianerottolo.

Poco prima che l'ascensore fosse rimesso in funzione, il calabrone uscì, e si immerse nella luce fredda del sole di ottobre.

Nessuno fece caso a lui.

Davide Di Vitantonio è nato a Teramo nel 1987. Ufficiale dell'Esercito Italiano, psicologo e psicoterapeuta, ha pubblicato la silloge *Labirinto Primo* con la casa editrice Nulla Die di Massimiliano Giordano, recensita dalla rivista "Abruzzo Letterario", e i romanzi *Babylonia* e *La corona del dio prigioniero*, rispettivamente per Lilium Editions ed Edizioni Scudo. Vincitore del II Premio Nazionale "Nella morsa di un abbraccio" e terzo classificato al Premio Nazionale "GialloFestival 2019", affianca allo studio e alla ricerca, la passione per la narrativa declinata in ogni sua forma, dalla letteratura al cinema.

Lo scissionista

di Giorgio Passalacqua

– Sono veramente preoccupata – sbottò Laura non appena ebbe davanti a se Rosanna, la sua amica del cuore.

Per sicurezza le aveva dato appuntamento in un locale sito in periferia, non come di solito, a casa propria, dove le due amiche si vedevano per un tè e restavano a chiacchierare quei cinque-dieci minuti che potevano anche trasformarsi in un'ora o più a seconda dell'argomento trattato. Erano amiche da sempre; Laura, sposata da parecchi anni con Armando con cui aveva avuto due figli, e Rosanna, single, grande amica di Laura nonché amante del marito, Armando.

– Preoccupata di che? – chiese Rosanna quasi timidamente perché conosceva molto bene la sua amica e non l'aveva vista così, forse mai.

– Senti – iniziò Laura, – dobbiamo, anzi, devo affrontare questo problema che da qualche tempo mi arrovella. Il problema dei dimagrimenti di Armando.

Anche Rosanna ne sospettava qualche stranezza. Si sa, l'uomo parla poco con la moglie e si vanta di solito anche troppo con l'amante.

– L'ho incontrato – esclamò Rosanna – qualche giorno fa anch'io e stava molto bene. Perché? Per te questo è un problema?

– Per me non è un problema, il problema è un altro – mormorò Laura. – È una stranezza che ha un risvolto positivo senza ombra di dubbio, ma il fatto è che è avvenuta in brevissimo tempo, voglio dire che il dimagrimento è avvenuto mentre Armando era partito e io ero a casa ad aspettarlo come al solito. Ho notato quando è rientrato che c'era qualcosa di diverso. All'inizio ho pensato che fosse sciupato per il troppo lavoro o per il ritorno frettoloso a casa. Quando ha iniziato a svestirsi ho visto che la camicia non gli stava aderente come quand'era partito ma gli cadeva letteralmente addosso e così anche i pantaloni, gli stessi boxer che lui indossa e perfino le calze lunghe. In effetti, quando si è spogliato completamente per indossare il pigiama mi sembrava il solito, però appena si è girato e l'ho visto di lato – e qui Laura esplose in un pianto dirotto – era così sottile!

– Mah, io non l'ho notato l'altra volta, anzi mi è sembrato molto in forma – riaffermò l'amica abbassando un attimo lo sguardo.

– Che giorno era quando vi siete incontrati?

– L'inizio di questa settimana, proprio lunedì mattina – replicò sorridendo, ma un po' tesa, Rosanna.

– Beh, sappi che erano già passati quasi tre giorni. Lui era rientrato venerdì sera come ti ho detto, cioè nelle condizioni che ti ho descritto.

– Che vuoi dire? – chiese Rosanna.

– Dico che in tre giorni lui ritorna quasi come prima e se lo vedi ora che è venerdì, cioè sette giorni dopo che è tornato, sembra magari pure un po' ingrassato!

– Sarà stata qualche disfunzione momentanea, troppo lavoro, e ora ha recuperato da par suo! – sentenziò

Rosanna cercando di concludere quella conversazione divenuta un po' spinosa per lei.

– Sarà, sarà... ma non è la prima volta che succede – confessò Laura. – E le modalità sono più o meno le solite. – Stavolta però non proseguì il discorso e tenne dentro di sé ciò che pensava.

Il professor Armando Liguori era, professionalmente parlando, uno scienziato e neanche dei più oscuri. Era conosciuto in diverse Università per le quali collaborava, aveva, specie in campo internazionale, un'ottima fama e passava per persona seria e integerrima. La pubblicità che egli faceva della sua famiglia spesso annoiava, ma era comunque a tutti nota ed egli se ne faceva vanto.

La sua forza professionale stava nelle ricerche svolte sugli organismi semplici, quelli sovente monocellulari su cui si è costruito l'intero mondo animale a noi noto. Di questi esseri conosceva, come si suol dire, vita morte e miracoli, soprattutto i miracoli ad altri poco noti. Conosceva per ciascuno le condizioni che davano luogo alla loro riproduzione (che, essendo organismi semplici, avveniva per scissione), quali la particolare quantità e qualità di cibo a disposizione, le favorevoli condizioni ambientali e altre specifiche poco note.

Si era sempre chiesto se una *scissione* o *frammentazione* – ben orchestrata, s'intende – potesse aversi anche per gli organismi molto complessi come l'animale o l'uomo. Aveva approfondito quest'ipotesi, divenuta poi la sua ossessione, al punto che pochi nello stesso settore ne erano a conoscenza. *Scissione multipla* e *scissione procariotica* erano a conoscenza dell'uomo, ma se la prima sembrava potersi meglio adattare all'idea di Armando, la seconda, più semplice ma anche *pluricellulare* avrebbe potuto dargli una mano. Aveva iniziato così degli studi approfonditi che per ben due anni avevano coinvolto dal punto di vista sperimentale l'intero laboratorio da lui diretto. Armando era riuscito anche, spezzettando il lavoro attribuito, a mantenere lui solo la conoscenza della materia profittando anche del turn-over degli sperimentatori, ignari del reale scopo dell'intero ciclo di esperimenti. Nel frattempo il professore si allontanava da Rosanna.

Ma qualcosa la donna aveva intuito proprio dalla ripetitività dei comportamenti di lui, pur ignorandone lo scopo, ma avendo come riferimento l'effetto visibile del dimagrimento di cui era a conoscenza tramite la moglie, Laura. Per Rosanna qualcosa era avvenuto di sicuro in due occasioni dove il dimagramento era stato di tutta evidenza, ma lei sospettava almeno altre due o tre possibili volte in un periodo complessivo di poco più di due anni. C'era una data, come fosse una data di partenza, in cui lui aveva mutato il suo atteggiamento verso di lei con una sorta di forzoso allontanamento giustificato da un ulteriore maggiore impegno dovuto all'ottimo risultato delle sue ricerche in laboratorio. Era poco più di due anni prima. Inutilmente, Rosanna aveva chiesto concrete spiegazioni ma lui si era chiuso dietro una sorta di riserbo professionale che ancor di più aveva fatto andare su tutte le furie la donna.

Da allora, pur comportandosi da amanti, non si erano più visti al solito posto dove si incontravano sempre ma solo sentiti telefonicamente poiché comunque Armando non nascondeva una sorta di dipendenza psicologica da lei e spesso sentiva la necessità di parlarle. Da queste telefonate Rosanna cominciò a intuire qualcosa di grosso e nuovo nella vita di Armando che peraltro raramente si faceva vedere in giro. In ufficio la solita musica: è fuori per lavoro. Se fosse sempre stato vero – e forse lo era – quei due ultimi anni Armando li aveva praticamente passati sempre fuori per lavoro.

Tra un contatto che la donna conosceva presso l'Ufficio del personale di Armando e le conferme che la signora Laura poteva darle, Rosanna ricostruì alla bell'e meglio i movimenti di Armando il quale, ovunque si trovasse durante la settimana lavorativa, aveva l'abitudine di tornare a casa per il week end, durante il quale spesse volte andava in giro da solo per shopping. Si forniva sempre in buoni negozi del centro tra cui, appurarono le donne, La Botteguccia, dove Rosanna si serviva spesso avendo lì una sua vecchia conoscenza.

– Sì, un buon cliente – sentenziò la conoscente di Rosanna alla stessa. – Giunge sempre un po' stanco, parrebbe quasi affamato. Acquista per sé un po' di tutto e poi per la compagna del momento di cui spesso parla come farebbe un ragazzino innamorato che racconta il suo primo bacio.

– Assai poetico – chiosò Rosanna. – Perché mai un cinquantenne dovrebbe apparire così?

– Perché evidentemente così si sente! – replicò pizzicata ma serafica la negoziante, aggiungendo: – Pensi che una volta mi ha confessato che non conosceva ancora l'oggetto del suo amore... facendomi intendere che lui era abituato così, ormai!

– Cosa vuol dire, che era innamorato ma non sapeva di chi?

– Mah, faccia un po' lei – tagliò corto l'altra. – Io

le ho comunicato le mie impressioni del momento ma certo non ci metterei la mano sul fuoco, giusto signora?

– Perfettamente d'accordo – concluse Rosanna e passò a salutare. – Ah! –esclamò alla fine a voce alta grattandosi la testa dalla parte della nuca. – Ogni quanto si faceva vivo il nostro? – chiese di colpo un po' a tutti i presenti, rivolgendosi alle diverse impiegate che ascoltando volentieri avrebbero partecipato alla discussione. Molte di loro aprirono la bocca per poi richiuderla di colpo. Qualcuna, forse perché da posizione defilata riuscì a rispondere. Dissero tutte la stessa cosa: – una, massimo due volte ogni sei mesi – anticipando qualsiasi risposta la titolare avesse deciso di far conoscere.

Rosanna non la guardò nemmeno in faccia e sparì seguita da un gruppetto tra le più ostinate. Sul marciapiede, sotto un accenno di pioggia, si fermò e chiese il perché di tanta bagarre. Le giovani si zittirono. Di una, verso cui tutte si voltarono come se proprio da lei aspettassero la risposta, si sentì una sorta di biascicare: – Io glielo potrei spiegare.

– Perché proprio lei? – Non si fermava mai con le domande anche quando era certo che la risposta sarebbe stata presente nel discorso della giovane donna. – Signorina? – chiese ancora.

– Mi chiamo Tiziana Vassalli e lavoro qui da circa sette anni. Adesso ricopro la funzione di direttore alle vendite 2.

– Sarebbe?

– Il numero 2 si riferisce al settore merceologico specifico, ossia biancheria intima donna e uomo.

– C'era qualche acquisto particolare? – chiese sorridendo Rosanna.

– No, il fatto non è questo. È che io probabilmente sarei diventata una delle sue "innamorate". Ma ciò non avvenne perché rifiutai di fare gli esami.

– Che tipo di esami?

– Quelli che si fanno di solito presso i laboratori o gli ospedali ma qui erano tutti assieme e con delle particolarità da eseguire in caso di positività.

– E a che servivano? – venne spontaneo chiedere a Laura.

– Boh, non lo so. Lui parlava di verificare la compatibilità ma a me sembrò una stronzata, un atto di sfiducia nei miei confronti e lo posai.

– Come l'aveva conosciuto?

– Beh, lui prima era molto più spesso in negozio e non faceva altro che guardarmi o farmi cercare per ogni stupidaggine.

– Grazie a tutte – urlacchiò Rosanna gongolante.

Avrebbe dovuto dire a Laura quanto sapeva, preferiva però giungere prima lei alle conclusioni. E questo non era ancora il momento. Per quelle avrebbe anche potuto provare a mettere alle strette il suo ormai ex amante. Ma date le precauzioni dallo stesso adottate, era certa non avrebbe cavato un ragno dal buco. E poi il soggetto interessato avrebbe potuto invocare il rispetto della propria privacy.

Si chiese allora quale istituto del diritto avrebbe lei potuto invocare per proseguire nelle proprie indagini e cosa avrebbe dovuto fare una volta giunta alla conclusione.

Non trovava risposta alle due domande. Che fosse solo curiosità o difesa del suo rapporto con Armando o che agisse in nome della vecchia amicizia con Laura (che non le aveva impedito di tradirla con il marito di lei), qualcosa di poco chiaro doveva esserci, considerate le precauzioni adottate da Armando per mantenere la cosa fuori dalla pubblica portata. Certo non le adottava con la moglie, anzi ci si presentava dopo meno di una giornata dal dimagrimento (che sfacciato, pensò). Vide in ciò la giustificazione a proseguire, ossia la probabilità di un comportamento di Armando illecito o pericoloso per gli altri da dover impedire.

Il tempo passava. Armando da un po' aveva smesso di rientrare come prima per il fine settimana ma altre novità non se ne conoscevano. Laura aveva incaricato un legale per ottenere la separazione.

La chiamata di Armando raggiunse Rosanna un venerdì mattina molto presto come una sorta di ceffone che all'inizio ti rimbambisce, poi però, grazie alla carica di adrenalina che il tuo corpo si trova a disposizione, ti sveglia, eccome.

L'uomo sembrava rantolasse. Chiedeva aiuto in nome del loro vecchio amore.

– ... molto vecchio – mormorò lei.

– Non ti capisco – riuscì a dire lui. – Mi senti?

– Sì – rispose veloce lei. – Dimmi dove sei esattamente. – Il cuore le batteva ma sapeva che quelle erano incombenze che le appartenevano di diritto.

Lui le disse di essersi risvegliato nella sua nuovissima sportiva di turno, solo, dentro la vettura capottata. Non ricordava nulla dell'incidente ma sapeva che stava tornando in città proveniente dall'aeroporto ed era quasi arrivato all'ultima uscita dell'autostrada. Non poteva muoversi, aveva il parabrezza infranto e gocciolava sangue dal capo senza che lo potesse fermare, non sentiva più le gambe ma era lucido.

– Ancora per poco – mormorò Rosanna, una delle migliori rianimatrici del locale Ospedale Civico, il venerdì solitamente a riposo per essere presente sabato e domenica.

– Qui è pieno di alberi e chi sopravviene difficilmente puooh…

– Pronto, Armando, se mi ascolti sappi che sono quasi arrivata e che ho capito dove sei.

Rosanna giunse subito, da sola, senza particolare furia, sul luogo descrittole da Armando. Fermò la vettura di servizio, accese le quattro frecce, scese dall'auto e, traguardata un attimo l'autostrada, si introdusse decisamente nel verde che la circondava.

Trovò facilmente la vettura capovolta ma integra. All'interno, il corpo dell'ex amante. Prima di tentare di estrarlo dalla vettura doveva verificare se fosse vivo. Lo fece in vari modi e con vari strumenti: era morto. Si fermò e prese a guardare intorno all'auto. Poi dentro e lì vide quanto più o meno si aspettava. A quel punto si accorse che in parte il cadavere di Armando era disposto in modo innaturale, come se volesse indicare qualcosa a qualcuno al di sopra di lui. Il solito Armando, sorrise. In questo lo riconobbe. Morto sì, ma funzionale. Non lo toccò, prese una borsa contenente diverse decine di dischetti e pochi fogli intestati alla società di Armando. Si guardò ancora intorno, guardò meglio il cadavere, vide quanto sottile fosse divenuto, era spezzato in punti dai quali non usciva neanche sangue. Tornò alla propria vettura assicurandosi che la maggioranza dei guidatori delle auto che sfrecciavano sul ponte non la notasse. Dal baule prese il bidoncino con la benzina per il fuoribordo che aveva dimenticato in auto e con la stessa calma e attenzione tornò da Armando e dalla sua auto. Lo guardò un'ultima volta dopo aver cosparso le zone logicamente interessate da una fuoriuscita di carburante e poi... fuoco.

A casa, con calma, si preparò una delle sue migliori miscele di tè prima di aprire la valigetta. Questa conteneva un raccoglitore. All'interno vi trovò dei fogli contenuti in carpette, ciascuna con data, nome femminile e numero telefonico. Tra una data e l'altra c'erano intervalli variabili da tre a sei mesi circa. I nomi in totale erano nove e l'ultimo (Rosalba), ossia il più vicino come data, era di una settimana prima. Oltre le nove sottocarpette vi era una carpetta datata cinque anni prima con l'intestazione "Frammentazione".

In quest'ultima vi era la sintesi del lavoro svolto inizialmente dal professore e in seguito dal laboratorio da lui diretto. Era un lavoro che poco aveva a che fare con il cosiddetto metodo scientifico, ossia quell'impostazione che consente in ogni momento di ripetere l'esperimento a parità di condizioni raggiungendo sempre lo stesso identico risultato. Qui sembrava che la fretta dominasse la scena, la facesse da padrona. Poco sovente un risultato favorevole raggiunto veniva verificato o ripetuto se non al momento di passare alla fase successiva. Quindi grande risparmio di uomini e mezzi ma a quale rischio? Qualunque commissione di verifica avrebbe annullato per intero l'opera e comunque sarebbe stato inutilizzabile a fini commerciali. Sembrava ciò non importasse ad Armando che certamente era consapevole dei rischi e probabilmente anche del lungo tempo occorrente per concludere le ricerche con un qualche risultato. Rosanna rinvenne pure vari appunti che risalivano al primo periodo e altri successivi e comprese allora lo scopo di tutto questo. Non era più la scienza al servizio dell'uomo, era *la scienza al servizio* solo *della vanità di Armando*. Il professore, al solo scopo di risolvere il suo personale problema, ossia poter continuare nella sua ossessiva ricerca di nuovi *partner* senza essere costretto ad abbandonare precedenti relazioni, nonché la propria famiglia e le proprie abitudini, era riuscito nell'intento di non essere mai obbligato a fare una scelta, operazione sempre dolorosa.

In che modo? Scindendosi in due esseri inizialmente identici, uguali per chiunque li osservasse. Ciascuno dei due rispondeva a una delle due soluzioni senza sofferenze, senza che alcuno/a si potesse accorgere di nulla.

Era il trionfo del maschio, accontentato nelle sue vanità e nelle sue immutabili certezze, privo di qualsiasi senso di colpa, con intatta la possibilità di cambiare ancora sino allo sfinimento...

Appunto, e lo sfinimento era giunto per l'anzianità dei tessuti, per le numerose scissioni, per l'età di inizio dell'attività scissionistica. Ma era troppo tardi per comprenderlo. In assenza di qualsiasi metodo scientifico solo gli accadimenti avrebbero indicato il limite. Armando l'aveva raggiunto, sino a morirne.

Era sera ormai e pensò fosse meglio accennare qualcosa a Laura che certamente era stata contattata dalla Polizia per la morte del marito nell'incidente stradale. Del corpo di Armando non era rimasto quasi nulla. Al telefono, Laura rispose ben lieta di potersi ritrovare ancora una volta, e giusto in un momento per lei così doloroso, con Rosanna. Si incontrarono a casa di Laura. L'amica le porse le doverose condoglianze. Le due donne rimasero abbracciate qualche minuto come se non si vedessero da anni o come se condividessero l'una con l'altra il grande dolore della scomparsa di Armando.

Rosanna le mormorò all'orecchio: – Sai cara che ti trovo molto bene? Ho un affare da proporti che ti potrebbe interessare, magari quando avrai smesso di piangere la scomparsa di Armando oppure quando avrai deciso di smettere di piangere la sua scomparsa, oppure, meglio ancora, potrei accennarti qualcosa ora per non vederti piangere proprio per la scomparsa di quell'uomo ma approfittarne per ringraziarlo per quanto si sia prodigato per la scienza ma anche... per la famiglia.

Quella sera il loro tè si protrasse sino a tarda notte.

Giorgio E. Passalacqua non è uno scrittore né un poeta ma, a differenza di molti che fingono di disinteressarsene, è uno che solo da poco tempo ha scoperto questa sua vena.

Laureato in legge, ha lavorato in banca fino a quando una serie di problemi fisici, finallora a lui ignoti, non sono venuti allo scoperto. Li ha affrontati ma, risultandone alcuni inattaccabili, ha dovuto dire addio alla carriera bancaria e ripiegare su questo lato inesplorato della sua personalità. Con buoni risultati, anche se la malattia ingravescente lo obbliga a sedute a computer piuttosto brevi.

La sua condizione fisica non gli permette di tenere i ritmi di uno scrittore per mestiere, né di partecipare a trasmissioni pubblicitarie televisive o di terminare velocemente la stesura di un testo. Fervido di idee come è non ha ancora trovato chi gliele sdogani.

Così ha terminato due soli romanzi tra i cinque iniziati, una ventina di racconti e scritto qualche centinaio di poesie. Per la verità le poesie le scriveva sin da adolescente (*Poesie contro il destino*, disponibile su Amazon).

La proporzione della vita

di Diane Nicoletta Palacios Guzmàn

È strano come le parole ti si ricamino addosso, come un vestito attillato che nonostante stringa la vita ci ostiniamo a indossare. Potremmo essere paragonati a quei bambini che, pur sapendo che cadranno dinanzi a un ostacolo, continuano a provarci. Ho detto potremmo, in quanto loro sono spinti a superare i propri limiti mentre noi, così facendo, ci continuiamo ad adeguare a essi: permettiamo loro di levigarci come una pietra lasciata a lungo in balia delle intemperie. Goccia dopo goccia ci lasciamo modellare, finché quel vestito che fino a poco fa ci stava stretto, quello stesso vestito che ci faceva soffocare, aderisce perfettamente al nostro corpo. E quei centimetri in più non pesano più fuori ma dentro, simili a un sasso che impedisce a un palloncino di volare.

Lavorando in una libreria mi è capitato spesso di soffermarmi a osservare la gente e, saranno forse gli anni di esperienza accumulati o forse un briciolo della mia pazzia che interferisce sul mio ragionamento, ma ho capito che talune persone non cercano una storia da leggere, una storia in cui immergersi, da cui lasciarsi pervadere.

Le persone vogliono la loro storia, un racconto in cui potersi riflettere per sentirsi meno soli e più compresi. Meno soli e più compresi: la diade perfetta per renderci creta fra le mani di una società.

Tu non eri così.

Tu amavi la tua solitudine nello stesso modo in cui una rosa ama le sue spine, consapevole del fatto che ti protegge da tutti e dall'essere uguale a tutti. Eri una rosa in un campo di margherite, io invece sono una margherita in un campo di rose. Risaltavamo entrambi in mezzo alla folla: tu per essere quello diverso e forte e io per essere quella strana e friabile, quella che si può pestare senza pungersi.

Qualche volta mentre ti vedevo dialogare con gli altri mi sembrava quasi che avessi la sensazione di avere delle mani di pietra e che avessi paura di danneggiare gli altri per l'innaturale e impacciata delicatezza con cui parlavi.

Un giorno me lo dicesti anche, con il colore di una timida alba che quasi ha paura di sorgere dipinta sulle guance.

Dicesti: – Isabel, secondo te sono pericoloso?

– Perché?

– Magari non mi rendo conto del peso che hanno le parole che uso con gli altri, posso infliggere dolore e non rendermene conto!

– Perché la tua grande paura è ferire gli altri?

– Perché so come ci si sente.

Io ti devo confessare che come infinite altre volte, rimasi più colpita dallo schiudersi delle tue labbra, simili a un piccolo fiore sul punto di sbocciare, che dalla profondità delle tue parole.

Come dicevo però, non era questo a renderti diverso.

Era il fatto che possedevi un'innata tendenza a un del tutto ingiustificato ottimismo a renderti differente: se cadevi giù per le scale almeno eri arrivato in fondo prima degli altri.

Io non ti capivo delle volte, non capivo il tuo modo di buttarti ovunque, di sperare sempre nel meglio anche se inevitabilmente la sorte ti schiaffeggiava sempre il peggio addosso.

Eppure tu ti ostinavi nella tua scelta, a volte, guardandoti in faccia dopo che avevi ricevuto l'ennesima delusione; pensavo che fossi masochista.

Poi, mi rendevo conto che quella masochista in realtà ero io. Io che avevo smesso di credere nella vita. E tu invece ci credevi per entrambi.

– Se ci credi la metà, ricevi un quarto – mi dicevi con la faccia rigata dalle lacrime.

– Invece, se ci credi per intero la vita ti darà metà!

– Che proporzione idiota – ti dicevo.

– No, Isabel, è semplicemente la vita.

Fu anche la vita, questa ingrata vita e il maledetto destino che ti portarono via da me.

Io lo sapevo, perché certe cose le senti prima che accadano, che non saresti tornato.

Tu eri troppo uomo per uccidere.

Questo ti è costato la vita.

Questo ci è costato la vita.

Perché, inutile nasconderlo, senza di te sono morta un po' anche io.

E fra pochi giorni morirà anche questa piccola libreria, queste quattro mura che contengono tutto il nostro mondo: fra tutti questi libri, se leggi tra le righe, c'è scritta la nostra storia. Fra poco non ci sarà più niente, solo un edificio vuoto ma pieno dei nostri ricordi.

Lascerò andare anche l'ultima cosa che era nostra, svuoterò il tuo armadietto, ancora pieno di te. Porterò a casa mia il tuo grembiule da libraio che ha ancora il tuo profumo. Se lo annuso mi sembra di averti vicino a me.

Non c'è sensazione più idilliaca e devastante allo stesso tempo.

L'illusione di averti accanto che battaglia a suon di lacrime con la realtà, e alla fine rimango io, annegata...

È rimasta solo questa libreria a tenermi a galla, dopo che l'avrò venduta, dovrò trovare una nuova ancora.

È passata l'ennesima giornata senza vendere nulla. Il tramonto sta per giungere: è proprio in questi momenti, quando il sole si sta preparando a cedere il trono alla sua regina, che penso a noi. Alle passeggiate che facevamo da ragazzini in quei parchi, alle volte in cui ci sedevamo per osservare il cielo. O meglio, eri tu che guardavi le nuvole, io nuotavo dentro il caldo colore delle tue pupille. Un giorno affermasti, con una certezza negli occhi che non ti avevo mai visto, che siamo fatti della stessa consistenza delle nuvole.

— Ma non eravamo fatti della stessa sostanza dei sogni? — Amavo metterti in difficoltà, quando te ne uscivi con le tue piccole perle. Non perché mi piacesse contraddirti ma perché quando ragionavi avevi uno sguardo così fisso, così intento, che quasi mi pareva di vedere il flusso dei tuoi pensieri, che dopo qualche secondo acquisivano la consistenza di parola.

— Anche, ma siamo più fatti di nuvole che di sogni — rispondesti.

— Perché? — domandai io.

– Perché cambiamo forma in continuazione, in base a ciò che abbiamo davanti.

– Ma anche i sogni mutano.

– Chiaro, ma i sogni cambiano in virtù di un cambiamento interiore.

– Ma... – dissi io, venendo poi interrotta da quel vulcano di parole al mio fianco.

– Vedi, queste nuvole, proprio queste che sono di fronte a noi domani non ci saranno più, e se per caso dovessero esserci, saranno totalmente diverse, non saremmo in grado di riconoscerle, perché si sono lasciate modellare del vento. Vedi? Così siamo fatti noi, di un niente che cambia in continuazione in base a ciò che c'è fuori, siamo fragili e incostanti!

– Escluditi pure! – ti dissi ridendo.

– No!

Sentivo già il profumo di una discussione nell'aria.

– No? Come osi contraddire una donna?

– Ehi, ma questo è maschilismo al contrario!

– No, è la legge della vita caro!

– Sentilo, sentilo, il tono fiero con cui lo hai detto!

– Eh certo, no? Bisogna essere fieri di professare la verità!

– Vorrei che tutti lo sapessero.

– Cosa?

– Che voi siete speciali.

– Non sapevo di avere più personalità!

– No tesoro, non mi riferisco solo a te, ma a tutte voi donne!

– Ma se tutte siamo speciali... Nessuna lo è davvero.

– Voglio dire che il mondo non vi apprezza come dovrebbe.

– In che senso?

– Nel senso che vi credono tutti deboli, friabili! Ma voi invece siete fragili, non come un bicchiere che appena tocca terra si rompe, siete fragili come un gioiello: non tutti riescono a portarvi, e per questo vi fanno sentire sbagliate, per non sentirsi in errore!

Ora che non c'è più la tua voce a guidare i miei timidi passi, ascolto il suono del vento che in un'estate lontana trasportava le tue parole e le posava placidamente nel mio cuore.

Mi dirigo verso casa, la stagione delle piogge sta arrivando: il cielo è grigio e dense nuvole color cenere nascondono il sole.

Il gatto sta dormendo come al solito, rannicchiato nell'angolino più distante del divano. Il mio sguardo è catturato dal suo pelo rossiccio e dal contrasto che esso crea con il blu cobalto di cui è tinto il mio divano. Sembra la luna che si ammassa in un angolo nascosto di cielo.

Palle di pelo fanno da stelle.

Devo dare assolutamente una pulita, sono intollerante agli acari della polvere che mi solleticano il naso senza farmi starnutire, come il modo in cui mi provocava mia sorella: infastidendomi senza farmi piangere. Una lenta tortura, insomma. Mi faccio da mangiare del pesce con del riso bollito che condividerò con il mio gatto, ormai non ho più soldi da spendere per i croccantini e quindi anche lui deve fare certi sacrifici alimentari, anche se il pesce non gli dispiace nemmeno un po'.

Tu invece il pesce lo odiavi.

– Ha troppe spine e non sa da niente.

– Hai una moglie esattamente come quel pesce;

quindi, se ami tua moglie, mangerai anche quel pesce, pur essendo pieno di spine!

Mi guardavi leggermente indispettito, mi facevi una linguaccia e poi lo mangiavi.

Infine lavavamo i piatti assieme o meglio, i piatti si lavavano pressoché da soli mentre noi, come due bimbi troppi cresciuti, giocavamo a schizzarci.

Ora non c'è nessuno a bagnarmi, a inondarmi il viso di acqua, non ne ho bisogno: riesco a farlo da sola, mentre mi immergo nei nostri ricordi.

Prima piano piano e poi quando il nodo alla gola si scioglie bruciato dal dolore, le difese cedono e piove dai miei occhi.

Ormai da quando sei morto vivo così, non credevo di avere una così grande riserva di lacrime. È un circolo vizioso: penso a te per consolarmi perché sei cura per i miei occhi ormai svuotati e poi penso al fatto che ho soltanto quei ricordi a cui attingere e cado, nuovamente travolta nell'oblio del dolore.

È assurdo, forse sono malata... Dovrei essere ricoverata per il modo ossessivo con cui penso a noi, per le chiacchiere silenziose che intraprendo con te ogni giorno.

Per il modo in cui vago in mezzo agli scaffali, con la malata speranza di trovare almeno un tuo spettro.

E per come sto agendo adesso, per il modo malato con cui chiudo gli occhi, allungo il braccio e immagino di accarezzare i tuoi folti capelli ricci.

Non riesco a capire se questo mio istinto sia generato dalla voglia di riaverti accanto o se sia la mia indole leggermente masochista che si sente viva nel dolore. Piombo nel sonno mentre immagino la tua melodiosa voce che mi canta la ninna nanna, mi dirigo nella valle dei sogni ma improvvisamente quella dolce nenia grazie a cui mi sono addormentata si riveste di una nota cupa, e stride contro le mie orecchie, infine implode in un tuono che sovrasta il cielo.

Ecco, lo sto per sognare di nuovo, il giorno in cui lessi il tuo nome sulla lapide del cimitero.

Voglio ribellarmi a questo incubo, recidere le catene che mi tengono legata a esso e ritornare a sognare, ma è inevitabile che ci resti imprigionata finché non consapevolizzo totalmente la tua morte, per cui lo accetto e mi preparo a riviverlo.

– Isabel, faccio parte del corpo militare, sono compagno di suo marito nella missione per garantire al Timor Est l'indipendenza dall'Indonesia.

Sento il panico che mi stringe le viscere dello stomaco, mi sento stritolare come se dentro di me avesse preso vita una mano invisibile che inizialmente piano piano, e poi sempre più veloce, stritola prima le mie interiora e poi le mie corde vocali.

Ma sorprendentemente mi ritrovo a rispondere al telefono e mi esprimo con una voce talmente sicura e talmente calma che nemmeno sembra appartenermi e di fatto non mi appartiene.

È la voce di chi sa già che sta per ricevere una notizia terribile e che si sforza di accoglierla dignitosamente.

– Salve, sono Isabel, la moglie di Alexandre, è successo qualcosa?

– Sì, con immenso dispiacere mi faccio portatore di una terribile notizia.

Isabel preparati, non piangere, lui non avrebbe voluto: fallo per lui.

– Cos'è successo di così terribile?

– Suo marito è morto, abbiamo appena celebrato il rito funebre e fra due ore lo seppelliremo nel cimitero di Dare, mi scuso se l'avviso così tardi, ma fra poche ore dobbiamo di nuovo partire per una missione.

– A fra poco!

– Le porgo le mie più sincere condoglianze.

– Arrivederci!

Chiudo gli occhi e in quel gesto vorrei estraniarmi dal mondo.

Dunque la mia più grande paura è diventata realtà.

Mi preparo e verso in uno stato di alienazione, agisco per riflessi spontanei e senza rendermene conto sono già in macchina che mi dirigo verso te. Mi avvicino placidamente al parco dove verrai sepolto.

Non mi sembra di far parte del mio corpo, è assurdo, ho sempre vissuto estraniata dagli altri ma prima il mondo circostante mi appariva come uno sfondo rispetto a ciò che vivevo nella mia mente, ora mi sembra di vivere in un'altra dimensione.

Guardo le lettere affisse sulla tua bara.

"Alexandre Leal Machado Azevedo nato nel 3 luglio del 1980 è morto il 27 settembre del 2000, combattendo valorosamente per la sua patria."

Lui è morto.

Morto.

Non lo vedrò mai più...

Eppure io non riesco a piangere.

Mi sento come se il mio cuore fosse stato congelato. Fuori è autunno ma io, dentro, in questo momento, porto l'inverno. È una sensazione devastante sentirsi totalmente vuoti.

Sono vuota ma piena di emozioni inespresse, vorrei svuotarmi anche di esse ed essere così leggera da poter volare via e confondermi con il vento, viaggiare per sempre con esso.

Invece, mi sento in colpa perché non riesco a piangere.

Che problema ho?

Perché sono apatica, io lui lo amavo, era l'unica cosa che amavo. L'unica, e ora che mi è stata portata via non riesco a esprimere il mio dolore.

Riesco a sentire soltanto gli sguardi altrui che come un radar tentano di captare ogni mia singola emozione.

È questo che mi fa più male, perché anche io sto facendo la stessa cosa: aspetto trepidante di provarne qualcuna. Ma al momento mi sembra di soffocare dietro quegli sguardi che mi spremono alla ricerca di una reazione, non ne uscirò fuori viva.

Sento che sono sul punto di rompermi.

Devo andarmene, devo assolutamente andarmene.

Ma non posso farlo.

– Isabel, va tutto bene?

Imbecille! Non potrebbe andare meglio, sto soltanto dicendo addio a mio marito. Non potrebbe andare meglio.

– Sì, vado a prendere una boccata d'aria, torno subito.

No, non tornerò; credo che l'abbia capito dal mio sguardo. Si limita ad annuire, poi mi dice: – Se hai bisogno di qualcosa chiama.

Anche queste parole sprecate; non lo farò. Devo rialzarmi da sola, non posso più permettermi di essere dipendente da qualcun altro.

Esco dal piccolo parco e corro.

Ma dove vado?

Non ho più fiato e svengo.

Il tuo fantasma mi passa davanti e mi saluta.

È troppo per me, o forse io sono poco per quello che sta succedendo.

Mi risveglio a causa di un urlo, il mio.

Sono sudatissima. Vado ad aprire la finestra, fuori sta diluviando. Ho il viso bagnato: perfetto, il soffitto perde ancora.

Mi porto una mano sul viso e mi rendo conto che sto piangendo.

Il gatto mi scruta dall'alto dei suoi occhi magnetici e sembra chiedermi per quale motivo mi sia messa a urlare come un'ossessa nel cuore della notte. Ci guardiamo negli occhi e mi addormento di nuovo.

Sento un suono sordo contro la finestra e mi risveglio.

Osservo per qualche attimo la mia stanza in penombra e mi godo ancora per qualche istante il torpore del giorno appena nato.

Accarezzo il micio che mi risponde con un miagolio assonnato ma goloso di coccole.

Esco di casa e mi dirigo lentamente al lavoro.

Trovo un biglietto affisso alla porta.

Entro l'ora di pranzo arriverà il nuovo proprietario. Si chiama Luiz.

Questo nome, a prescindere da quello che l'acquirente farà di quella che è stata la mia libreria, rende il distacco da essa un po' meno doloroso in quanto Alexandre mi disse che se avesse potuto scegliere un nome per sé, avrebbe optato proprio per quello, Luiz.

Giro tra gli scaffali che in questi anni sono divenuti la mia patria, mentre il posto in cui vivo è dilaniato da una terribile guerra per la libertà. Dicono che la libertà non abbia prezzo ma a noi è costata, fino ad adesso, la morte di migliaia di civili, persone innocenti il cui unico errore è stato trovarsi nel posto sbagliato al momento sbagliato.

E pensare che la decolonizzazione dal Portogallo doveva portare il Timor Est alla pace e all'autodeterminazione di questa piccola nazione cattolica (l'unica, insieme alle Filippine, a essere a maggioranza cristiana in Asia): la nostra schiavitù è rimasta, soltanto il padrone di noi schiavi è cambiato, e ora porta il nome di Indonesia.

Nessun libro venduto, come sempre d'altronde: in questi tempi di guerra la lettura non è una priorità per molti, ed è anche comprensibile.

L'ora di pranzo si avvicina prepotentemente e io nutro il mio sguardo affamato degli ultimi ricordi che avrò della libreria, tento di catturarne ogni dettaglio, consapevole del fatto che sarà l'ultima volta che lo farò. La guerra ha portato via a tutti qualcosa di caro ma con me è stata particolarmente cinica, privandomi del lavoro e dell'amore.

Le campane della Catedral da Imaculada Conceição scoccano pesanti nel cielo e, puntuale come la morte, sento la vecchia porta di legno che per me si apre un'ultima volta, cigolando come al solito. Vedo una sagoma in impermeabile e cappello a falda larga avvicinarsi a me; senza dire una parola, mi consegna un documento ufficiale: "Ato de propriedade". Ci siamo. È il momento. Leggo la dicitura della firma. "Assinatura de A. L. M.

A."; poso lo sguardo sul foglio ma la mia attenzione viene catalizzata dalla sua mano; incomincio a sudare freddo; mi ritrovo a chiedermi per l'ennesima volta se sono matta; vedo una cicatrice che ho contemplato alla luce delle lampadine infinite volte. Alzo lo sguardo verso l'uomo, lui lo focalizza sul soffitto, pare quasi che voglia evitare di guardarmi negli occhi; uno strano intruglio di rabbia, frustrazione e meraviglia circola nelle vene. L'uomo mi porge un nuovo documento: "Ato de venda" (atto di vendita) "para Isabel Diane Vieira Souça".

L'uomo mi parla, non odo le parole che mi dice ma mi perdo in quel suono familiare: quel suono fa vibrare la mia anima. Alexandre. Gli occhi mi si riempiono di lacrime, ora che ho davanti a me la mia casa, la mia certezza. Devo stringerla forte prima che la mia mente la tramuti in dubbio.

Nove mesi dopo.
L'unico dubbio che ho è quello di non essere abbastanza brava come madre del bambino mio e del mio amato Alexandre, lo stesso Alexandre che, per compiere una vitale missione segreta ha dovuto fingersi morto. Lo stesso Alexandre che piange vedendo per la prima volta suo figlio.

Diane Nicoletta Palacios Guzmàn è un'aspirante scrittrice italo-ecuadoregna di diciotto anni, nata a Sesto San Giovanni nel 2002. Frequenta in Trentino-Alto Adige il Liceo delle Scienze Umane, giacché ha una vera passione per tutto ciò che riguarda l'interiorità umana. La sua passione per la scrittura ha origine dalla necessità di conoscersi meglio, in quanto concepisce la scrittura come la strada maestra per arrivare verso sé stessi...

I suoi scritti, in prosa e poesia, nascono sul momento e la storia prende forma durante e mediante l'atto di scrivere: lo stile adottato è principalmente il flusso di coscienza.

Il tempo che non è speso a gestire la sua pagina di scrittura @la_ladra_di_parole, viene diviso fra lettura, amicizie, sport e fidanzato.

Illustrazioni

di Paola Tassinari

Il sorriso innamorato (tecnica mista)

Colpo di fulmine in una notte di mezza estate (tecnica mista)

Paola Tassinari, ha pubblicato romanzi, racconti, favole, poesie ottenendo dei riconoscimenti. Collabora con riviste on-line e quotidiani trattando di usi, storia e arte. I suoi lavori pittorici e digitali sono presenti su numerosi portali e cataloghi d'arte. Ha realizzato 1000 mini opere per Ellin Selae e illustrato libri di favole; esposto in collettive, in Romagna e in giro per il mondo, San Diego, Tokio, Lisbona, Madrid, Parigi, Roma, Firenze, Venezia. Selezionata al Premio Maestri d'Italia. Ha fatto parte degli artisti che hanno tappezzato con le loro opere le strade di Taranto. Attualmente sta partecipando alla realizzazione della mostra d'arte collettiva più grande al mondo e a un progetto di immagini/poesie che unisce Ravenna a Matera. Abita a Ravenna ed è 'cotta' di Dante.

Anno XLII - N. 1 — Gennaio-Aprile 2020

RISCONTRI

RIVISTA DI CULTURA E DI ATTUALITÀ

fondata da Mario Gabriele Giordano

RISCONTRI

RIVISTA DI CULTURA E DI ATTUALITÀ

fondata da Mario Gabriele Giordano nel 1979

Quando la cultura è attualità e l'attualità è cultura

Una testata unica nel suo genere che si caratterizza per l'approccio globale al mondo della cultura, con articoli di critica letteraria, di storia e di filosofia. Lontani dagli eccessi della specializzazione e al di fuori di ogni condizionamento che non consista nel rigore scientifico e nell'onestà intellettuale dei contributi, "Riscontri" mantiene da più quarant'anni l'approccio divulgativo che l'ha resa celebre anche oltre i confini nazionali.

Per questo "Riscontri" è ormai molto più che una semplice rivista, ma una comunità composta da autori, da lettori e da studiosi che in vario modo contribuiscono alla sua vitalità.

Scopri di più su

www.riscontri.net

Abbonamenti

Per il 2020, Italia ed estero, € 50; Digitale, € 20

Bonifico bancario
(IBAN: IT43X0306915102100000004716)
Paypal (ilterebintoedizioni@libero.it)

MILLE ROSSE PAROLE

Curatrice: Emilia Dente
Collana: Riscontri Rosa, n. 1
Pagine: 100
Formato: 12x20
Anno: 2019
Prezzo di copertina: 12,00

Cinque autori – selezionati nel concorso Riscontri letterari 2019 – raccontano il sentimento amoroso e le tante sue sfumature.
Affetto, eros e passione si fondono in un delicato impasto narrativo che sa di luce e di poesia illuminando, nel sentiero rosso delle parole, le profondità ombrose del cuore.

Appassionata di vita, di storia e di poesia, Emilia Dente, è autrice eclettica e vagabonda felice sui sentieri delle parole con l'impegnativa missione di illuminare le profondità ambrate dell'anima tra impasti narrativi, sogni poetici, saggi storici, progetti di marketing culturale e valorizzazione della memoria.
Per il Terebinto Edizioni ha già pubblicato la silloge poetica Nero come l'amore in cui riflette, specchiandosi, sul vortice complesso del sentimento amoroso.

M. Costanzo   L. Di Maro   R. Di Maro

G. Levantini   E. Saponaro

Mille Rosse Parole

a cura di *Emilia Dente*